KB083221

포기하지
말자

인생이

아름다워진다

포기하지
말자

·

인생이

아름다워진다

BOOK PLAZA

———

열렬히 사랑하기에 버텨낸 거고,
열렬히 사랑하기에 지켜낸 거야.

———

contents

바닥까지 떨어져도
꿈을 움켜쥔 손만큼은
높이 들고 있기를

무무

___

설령 바닥까지 떨어진 삶이라 할지라도,
꿈을 움켜쥔 손만큼은 번쩍 들어 올려야 한다.
어둠 속에서 밝게 빛나는 저 별처럼.

___

"역세권에 위치한 아담한 방 하나와, 나를 사랑해주는 사람, 안정적인 직장과 치마 한 벌 정도는 살 수 있는 여유. 그리고 훠궈중국식 샤브샤브 - 옮긴이를 배 터질 때까지 먹을 수 있는 것."

이는 6년 전 월세 300위안짜리 집에 살던 소녀 아메이의 꿈이었다. 당시 나는 그녀에게 말했다. 그게 무슨 꿈이야. 그런 세속적인 꿈이 어디 있어?

6년이 지난 지금, 이 상하이 땅에서 그녀는 꿈을 이루었다.

포기하지 말자 인생이 아름다워진다

아메이와 함께 황푸강의 야경을 바라보고 있노라니 세삼 격세지감이 느껴졌다. 옛날의 촌티를 벗고 긴 원피스를 차려 입은 이 여인에게는 지성미가 흘렀다. 현실이 된 그녀의 꿈에 대해 이야기를 나누는 동안, 그녀는 꽃처럼 아름답게 미소 지으며 옛날엔 알지도 못했던 캐러멜 마키아토를 우아하게 음미했다. 나는 그녀의 그런 모습이 문득 존경스러워지면서, 그 '세속적인' 꿈에 대해 경외심이 생겼다.

몇 년 전, 나는 상하이 퉁지대학 부근에 있는 외국계 기업에서 인턴 생활을 한 적이 있다. 그때 내가 살던 집은 회사와 퉁지대학의 딱 중간쯤에 위치한 곳으로, 집에서 출발하면 두 곳 다 걸어서 십여 분이면 도착할 수 있었다.

그곳은 원래 방 세 개에 거실 두 개짜리 집을 서로 다른 크기로 잘게 쪼갠 형태였다. 그 속에서 나와 아메이를 포함한 열 명의 여자들이 살고 있었다. 나는 제일 큰 침실의 절반을 사용했다. 아메이는 입구 쪽에 있는 창고방에서 지냈는데, 약 한 평쯤의 크기에 창문도 없고 침대 하나 놓으면 간신히 지나다닐 공간밖에 남지 않는 방이었다. 그래서 그녀의 침대에는 늘 잡동사니가 한가득 쌓여 있었다.

당시 나의 하루는 매일 아침 9시까지 출근하는 것으로 시작되었다. 점심은 회사 식당에서 먹고, 6시가 되면 회사 동료들과 함께 근처 푸트 코트에서 저녁을 먹었다. 서로 시시껄렁한 이야기를 주고받으며 머리를 식힌 후, 8시쯤 다시 회사로 돌아가 야근을 시작했다. 퇴근은 보통 밤 12시가 넘어야 가능했다.

그래서 같이 산 지 2주가 넘도록 나는 다른 방의 사람들과 인사 한 마디 나눌 기회가 없었다.

어느 날 11시쯤 집에 들어온 나는 허기를 달래려 야식을 준비했다. 주방에서 과일을 깎고 있는데, 인기척을 느낀 아메이가 방에서 나왔다.

내가 말했다. 오늘은 모처럼 일찍 퇴근해서 먹을 것 좀 준비하고 있었다고. 쉬는데 시끄럽게 해서 미안하다고.

아메이는 방문에 기대며 말했다. "밤 12시가 다 되어가는데 이게 일찍 퇴근한 거라고요?"

그렇게 첫인사를 나눈 우리는 주방에 서서 함께 과일을 먹으며 수다를 떨었다.

아메이는 상하이에 온 지 1년쯤 되었으며, 타오바오인터넷 전자상거래 사이트 - 옮긴이에서 물건을 팔고 있다고 했다. 원래 있던 돈은 컴퓨터를 구입하고 인터넷을 배우는 데 전부 써 버리고, 현재 타오바오에서 여성 액세서리를 파는 다이아몬드 등급의 점포를 운영하고 있다고. 그것이 그녀의 주 경제활동이었다.

내가 매주 화요일과 금요일 오후에 퉁지대학에서 건축역사 수업을 듣는다고 말하자 그녀는 자기도 데려가주면 안 되겠냐고 물었다. 그녀는 한 번도 대학교 강의실에 들어가 본 적이 없다고 했다. 그저 교정만 어슬렁거리며 돌아다녀봤을 뿐.

아메이의 고향은 서남부의 모 지역이었다. 그녀는 중학교도 채 마치지 못하고 지역의 유명 관광지에서 삼도차三道茶, 중국 소수민족 중 하나인 백족白族들이 손님들에게 내는 특별한 세 가지의 차 - 옮긴이 공연을 하며 지낸다, 거

포기하지 말자 인생이 아름다워진다

의 도망치다시피 고향을 떠났다고 했다. 그녀가 내게 수업에 데려가줄 수 없겠느냐고 말한 건 진심어린 부탁이었다.

아메이의 고향에서는 여자들이 일찌감치 학업을 포기하고 어린 나이에 결혼을 하는 것이 드문 일이 아니었다. 아메이에게도 17살 때 혼사가 들어온 적 있다고 했다. 아메이는 결혼하기 전에 바깥 세계를 구경하고 싶은 마음이 들었다. 그래서 지금까지 모은 돈을 전부 들고 가까스로 성도省都에 도착해, 무작정 상하이로 가는 기차에 올라탔다.

그녀는 자신이 상하이에서 적응할 수 있을지 확신할 순 없었지만, 그래도 한번 해보고 싶었다고 말했다.

다음 날, 나는 아메이와 함께 건축역사 수업을 들으러 갔다. 그녀는 줄곧 바짝 긴장한 상태였다. 마치 열 살짜리 어린 애가 되어 버린 것처럼 내 옷자락을 꼭 쥐고 이곳저곳을 두리번거렸다.

그 이후로 아메이는 자주 퉁지대학에 수업을 들으러 갔다. 그것도 홀로. 돌아와서는 나에게 소감을 말해주거나 갖가지 질문을 쏟아내곤 했다. 이를테면 석사는 뭐고 박사는 또 뭔지, 요즘 학교는 교과서 같은 게 없는지, 이케아가 뭔지, 마키아토가 뭔지 등등….

그녀는 착실하게 공부했다. 마치 스펀지처럼 각 분야의 정수를 흡수해나갔다. 작고 어두운 방에서 열심히 벌어들인 돈은 모두 책을 사는 데 썼다. 그리고는 나에게 끊임없이 도움을 청했다. 매일같이 내가 일어나기 전에 아침밥을 만들어놓고 함께 먹으며, 내가 회사에 출근할 때 함께 걸으며, 그녀는 그렇게 시도 때도 없이 생각지도 못한 질문을 던지곤 했다.

———

진정한 꿈이란 고귀하거나 예술적인 것만이 아니다.
더 나은 삶을 위해 가지는 아름다운 기대는 모두 꿈이라 할 수 있다.
그것은 마치 고개를 들어 밤하늘의 별을 바라보는 것처럼 소박한 것이며,
꽃이 태양을 원하는 것처럼 자연스러운 것이다.

———

그녀는 늘 밝고 부지런했다. 자신의 배움이 부족해 다른 사람들과 격차가 벌어진다는 것도 알고 있었다. 그러나 뒤떨어질 때마다 그녀는 힘들다고 푸념하는 대신 차이를 따라잡기 위해 더욱 맹렬히 달렸다. 열심히 일하는 것으로 배를 채우고, 열심히 공부하는 것으로 자아를 채웠다.

그녀는 또한 감사를 잊지 않았다. 나에게 도움 받은 것에 대한 '학비'라며 떠나기 전날 밤 한턱 쏘기도 했다. 그리고는 식사하는 내내 그동안 얼마나 고마웠는지 말하고 또 말했다. 나는 진심으로 감동받았다.

그녀에게는 '세속적인' 꿈이 있었다. 집과 사랑하는 사람, 치마, 휘궈와 같은 것들 말이다.

한때 그 꿈을 비웃었던 것도 사실이다. 당시 스무 살 남짓밖에 되지 않았던 나는 꿈이 뭔지, 현실이 뭔지 잘 몰랐던 것이다.

진정한 현실이란 보이지 않는 곳에 있는 아름다움이 아니다. 아름답거나 혹은 그렇지 않은 것이 엉망으로 섞여 있어 그 모습이 뚜렷하지 않을 뿐이다. 진정한 꿈이란 고귀하거나 예술적인 것만이 아니다. 더욱 나은 삶을 위해 가지는 아름다운 기대는 모두 꿈이라 할 수 있다. 그것은 마치 고개를 들어 밤하늘의 별을 바라보는 것처럼 소박한 것이며, 꽃이 태양을 원하는 것처럼 자연스러운 것이다.

지금, 나는 아메이와 그녀가 가진 꿈을 진심으로 존경한다. 힘겨운 삶 속에서도 굳건히 꿈을 향해 달리는 모든 사람들을 존경한다. 마치 밤하늘에서 홀로 빛을 내는 별들처럼 타협하지 않고, 포기하지 않았기에. 설령 삶이 시처럼 아름답지 않을지라도.

내가 말했다. "아메이, 넌 정말 대단해."

아메이가 수줍은 미소를 지어 보였다. "언니가 많이 가르쳐주고, 충고해준 덕분이에요. 언니를 만나지 못했다면 지금의 나는 어떤 모습이었을지 상상도 할 수 없어요."

하지만 나는 안다. 아메이는 내가 아니라도 다른 누군가를 만났을 것이다. 누군가 태양 가까이 닿기 위해 있는 힘껏 발돋움을 한다면, 이세상 그 누구도 그 빛을 가릴 수는 없을 테니 말이다.

그런 때가 있다. 노력 말고는 달리 할 수 있는 것이 없는 나날들. 꿈조차도 그럴싸하게 갖기 힘든 나날들 말이다. 하지만 마법 같은 힘으로 어떻게든 버텨낸다면, 당장의 보상보다 자신이 선택한 길에 대한 믿음으로 포기하지 않고 걸어간다면, 그것으로도 충분한 것이다.

차가운 강바람이 불어왔다. 강 맞은편의 조명이 밝게 빛나고 있었다. 수많은 사람들과 차량들이 이 도시 안을 끊임없이 오갔다. 누군가는 이상을 위해, 누군가는 당장의 끼니를 위해, 누군가는 분위기에 취해, 누군가는 생존을 위해…. 모두의 꿈은 멀리 있지 않았다.

아직도 선명히 기억하고 있다. 피곤에 찌든 몸을 이끌고 밤 12시가 되어서야 간신히 집에 들어오던 그 날들을. 에어컨도 없이 견디던 상하이의 무더위조차 나의 단잠을 방해할 순 없었다. 그래서 아침에 일어나면 늘 온몸이 땀으로 흠뻑 젖어 있었다.

실연의 상처를 안고 홀로 낯선 곳으로 떠났던 날, 그 어떤 것도 생각하기 싫어 며칠이나 홀로 실의에 빠져 있던 날도 기억한다. 하지만 그

포기하지 말자 인생이 아름다워진다

상처는 나도 모르게 조금씩 아물어갔고, 평소처럼 출근한 사무실은 아무 일도 없었던 것처럼 그 모습 그대로였다.

일자리를 아직 구하지 못하던 시기, 기차의 침대칸보다도 작은 자취방 침대에 웅크리고 앉아 포트폴리오를 정리하고 있던 날 걸려온 엄마의 전화도 기억하고 있다. 인턴 기간이 끝나면 얼른 돌아오라고, 맛있는 음식을 해주겠다는 말에 나는 활짝 웃었다.

아메이와 마찬가지로 나 역시 지나온 세월이 있었다. 인생의 압박이 너무 심해 내 선택이 좋은 건지 나쁜 건지 판단할 길이 없어, 그저 열심히 하는 것밖에 별다른 수가 없던 날들이. 힘이 넘쳐 어쩔 줄 모르는 사람처럼 '꿈'이라고 하는 그 물건을 높이 쳐들고 매일같이 까만 밤을 밝히던 날들이.

유리창 밖으로 한 무리의 젊은이들이 왁자지껄 떠들며 지나갔다.

인생은 이어달리기 같은 것이다. 우리가 지나온 길 끝에는 또 다른 누군가가 밤하늘을 벗 삼아 목표를 향해 달려가고 있다. 그 속에서 겪어온 모든 갈등과 고난들을 우리는 어느새 웃으며 돌아볼 수 있게 되었다. 그것들을 마음에 두고 있든 아니든, 모두 실제로 존재했던 것이라는 사실에는 변함이 없다. 꿈 역시도 높고 낮음의 구분 없이 모두의 마음속에 마법처럼 존재해 온 것이다.

꿈이 있다면, 그게 무엇이든 소홀히 해서는 안 된다. 설령 바닥까지 떨어진 삶이라 할지라도, 꿈을 움켜쥔 손만큼은 번쩍 들어 올려야 한다. 어둠 속에서 밝게 빛나는 저 별처럼.

날갯짓을 멈추지 않는
새의 이야기

장자치
____

지하철을 오르내리는 사람들의 발걸음이
곧 세월의 흐름처럼 느껴져.
거침없이 앞으로만 달리는 그것이.

_____

◇

안녕, 친구!

잘 지내?

우리 못 본 지도 꽤 오래됐지. 여전히 옛날 그 모습일까?

비행기의 내 옆 좌석에 앉은 남자가 안드리 세브첸코 우크라이나 축구 선
수 - 옮긴이의 얼굴이 박힌 티셔츠를 입고 있더라. 순간 나는 그의 옆에
있는 창문 밖으로 시시각각 그 모습을 바꾸어 가며 흘러가는 구름을

향해 시선을 돌려 너를 떠올렸어.

당시의 넌 월드컵과 진융金庸, 중국의 무협소설가 - 옮긴이의 무협소설을 무척이나 좋아하던 아이였지. 그래서 2006년 월드컵에서 고군분투하는 세브첸코의 모습이 마치 드높은 산꼭대기에 홀로 서 있는 진융의 소설 속 주인공이라도 되는 듯 바라보았어. 그리고는 말했지. 너도 그런 멋진 영웅이 되고 싶다고.

물론 넌 시대를 잘못 태어났다고 개탄하는 것도 잊지 않았지. 무협지 속 인물들과 같은 시대에 태어나지 못한 것을 말이야. 하지만 난 늘 네가 다른 사람들과 다르다고 생각했어. 그래, 너는 조금 다른 인생을 사는 아이였어.

너는 영웅이 될 거라 말했어. 구체적으로 미래의 양리웨이杨利伟, 중국 최초의 우주비행사 - 옮긴이가 되어 우주를 여행할 거라고 했지. 반 아이들은 그런 너의 허무맹랑한 꿈에 코웃음을 쳤지만 넌 조금도 굴하지 않고 늘 자신만만한 태도로 그런 아이들쯤은 가볍게 무시했어. 그리고 고2때, 너는 정말로 비행사 시험에 응시했지만 시력이 주최측에서 요구하는 만큼 좋지 않았어. 그렇게 비행사의 꿈은 좌절되었지.

그게 아마도 네 인생의 첫 번째 '워털루 전투'였을 거야. 스스로의 노력과 무관하게 실패할 수밖에 없었으니까.

하지만, 너는 그대로 포기하지 않았어.

주변의 만류와 부모님의 반대에도 불구하고 고3때 너는 네가 원하는 역사학과에 지원하겠다고 선언했어.

참 열심이었지. 그 좋아하던 축구도 마다하고 오로지 공부에만 매달렸어. 그러더니 정말로 원하던 대학교, 그렇게 원하던 역사학과에 합격하더라. 하지만 그땐 미처 알지 못했지. 역사학과의 수업이 네가 상상한 것만큼 그렇게 생동감 넘치지 않다는 사실을. 기대했던 것과 상당히 다르다는 생각에 너는 그렇게 배운 지식으로는 좋은 미래를 꿈꿀수 없다고 판단했어. 그제야 부모님의 말씀을 떠올리며 실수했음을 깨달았지.

그래서 넌 학교에 전공 변경 신청을 했어. 물론 쉽진 않았겠지. L대학교 역사상 전공 변경 사례는 손가락에 꼽힐 정도로 적었으니까. 네가 신청서를 제출하자 조교는 교수님들께 단계적으로 심사와 승인을 받아야만 처리가 된다고 말해주었어. 그 후 너는 매일 정오만 되면 학과 사무실에 가서 조교를 찾았지. 조교는 그런 너 때문에 밥을 못 먹을 정도로 골머리를 썩였어. 그렇게 두 달을 보내자 드디어 학교에서 네가 신문방송학과로 전과하도록 승인을 해줬어. 졸업 후 가진 한 술자리에서 조교는 웃으며 네게 벌주를 권했지. "내가 너 때문에 만성 위염까지 걸렸어, 션즈추." 라고 말하며.

전공 변경은 확실히 드문 일이었으므로 L대학은 한바탕 소란이 일었지. 어딜 가든 넌 그야말로 유명 인사였어. 그 덕분인지 갈수록 얼굴이 피더라. 당시 너는 흡사 산꼭대기에 우뚝 선 영웅처럼 범상치 않은 기운을 내뿜고 있었어. 자연스럽게 사방에서 그런 너를 따르는 여자 선후배들이 출몰하기 시작했지. 심지어 길에서 널 보고 반하는 사람들도 속출했어. 그런 너의 혁혁한 명성은 마침내 교내 퀸카 쉬신의 귀에까지 전해졌고, 얼마 지나지 않아 쉬신은 너에게 호감을 표시했지. 그

포기하지 말자 인생이 아름다워진다

렇게 아름다운 여자친구까지 생긴 너는 그야말로 봄바람을 맞으며 구름 위를 거니는 기분이었을 거야.

◇ ◇

쉬신은 상하이에서 온 아이였어. 예쁘고 도도하며 공주병이 아주 심했지. 하지만 너에게는 그런 모습도 사랑스러웠나 봐. 대학 졸업 후, 쉬신은 당연하다는 듯이 부모님이 계신 상하이로 돌아갔고, 그 애와 헤어지기 싫었던 너는 상하이까지 따라갔지. 대도시의 차고 넘치는 인파 속에서 갓 대학을 졸업한 사회 초년생이 자리를 찾기란 쉽지 않았을 거야. 너는 셀 수 없이 많은 이력서를 뿌렸지만 그 어느 곳에서도 합격 소식은 들리지 않았어. 그렇게 가뭄에 콩 나듯 어쩌다 한 번씩 본 면접 끝에 너는 드디어 어느 대형 광고기획사에 카피라이터로 입사하는 데 성공했지.

일이 썩 즐겁지는 않았을 거야. 생각보다 훨씬 상업적인 카피를 써야 했을 테니까. 고상하고 순결한 문학성을 모욕당하는 느낌이었겠지. 그래서 너의 카피는 늘 회사의 요구와는 조금 동떨어진 느낌이었어. 너는 문자의 '상업화'와 '문학성'이 평행을 이루도록 하고 싶었겠지만, 그 둘은 애초에 함께 갈 수 있는 성격의 것들이 아니었어. 그렇게 너의 카피는 매번 실패로 끝이 났어. 의뢰인의 요구사항을 전달하지 못했으니까. 노력의 방향을 잃어버린 넌 혼란에 빠졌어.

설상가상으로 얼마 지나지 않아 쉬신의 부모님이 널 찾아와, 너와 그녀가 몇 년 동안 이어온 관계를 정리하길 바라셨어. 이유는 간단했

열렬히 사랑하기에, 버텨낸 거고,
열렬히 사랑하기에, 지켜낸 거야.

지. 너는 집도 차도 재산도 없는 '삼무三無 상품'이었으니까. 품질 검사에서 불합격된 거야. 엄청난 인구수를 자랑하는 만큼 엘리트들도 발에 차이는 상하이 땅에서 절세 미모의 딸을 가진 부모가 훌륭한 조건의 사윗감을 찾는다는 것은 그렇게 비난할 만한 일도 아니었겠지.

쉬신은 매일 눈물 바람이었지만 그렇다고 그녀가 부모님의 말씀을 어기고 몰래 혼인신고를 한다는 건 꿈도 못 꿀 일이었어. 그녀는 여전히 도도한 공주였으니까. 그녀의 15센티미터짜리 하이힐과 명품 스커트는 캐딜락과 같은 고급 자동차에나 어울리는 게 사실이었어. 너와 함께 붐비는 지하철을 타는 게 아니고 말이야. 결국 쉬신은 상하이 황푸강변에서 눈물을 뚝뚝 흘리며 너에게 작별을 고했지.

같은 날, 너는 회사에서도 잘리고 말았어. 쉬신이 그 사실을 알면 마음 아파할까 봐 너는 입도 뻥긋하지 않았지. 그리고는 주머니에 남은 몇백 위안을 털어 예전처럼 그녀에게 맛있는 음식을 사줬어. 그날 너는 밤새 황푸강변에 앉아 있었지. 막 상하이에 와서 처음으로 그곳을 찾았을 때를 떠올리면서 말이야. 당시 붉게 물든 노을 아래서 너는 쉬신에게 말했지. 나중에 우리 늙으면 매일 이곳에 와서 석양과 일출을 함께 보자고. 하지만 그렇게 말하면서도, 같은 장소에 홀로 앉아 서쪽으로 저물었다가 동쪽으로 떠오르는 그 태양을 바라보며 너는 너의 초라한 인생을 어떻게 써나가야 하나 고민했어.

넌 화려하고도 냉엄한 도시 상하이에 추호의 미련도 없이 짐 가방을 끌고 기차역으로 향했어. 그렇게 고향으로 돌아가는 기차에 올라타기 1초 전, 어째서인지 너의 근거 없는 자신감이 또다시 솟아오르기 시작

포기하지 말자 인생이 아름다워진다

했어. 넌 그 빽빽한 빌딩숲 사이에 너의 꿈을 펼칠 수 있는 공간이 손톱만큼도 없다고는 생각하고 싶지 않았지. 그렇게 다시 짐 가방을 끌고 좁은 자취방으로 돌아온 넌 새로운 방향을 찾을 수 있는 3일의 시간을 너 자신에게 주기로 했지.

그때부터 너는 인터넷과 신문의 구인 광고를 뒤져 보기 시작했어. 그러다 어느 광고 하나를 발견했지. 너처럼 막 대학교를 졸업한 여학생이 동업자를 구한다는 광고였어. 그녀는 「POV」라는 잡지를 이어받은 「LLKX」라는 잡지의 창간을 준비하고 있었어. 판매가 저조한 탓에 잡지사에서 손을 뗀 것을 이 여학생이 이어받은 것이었지.

그 용감한 여학생의 이름은 화잉이야. 그때만 해도 넌 몰랐을 거야. 이 여학생이 앞으로 아주 긴 세월을 너와 함께할 거라는 사실을.

◇ ◇ ◇

신이 문을 닫으면서 슬그머니 창문을 열어두신 걸까? 그래도 다행이야. 네가 눈치 빠르게 그 창문을 금세 발견해서 말이야. 그 구인광고를 보고 너는 화잉에게 전화를 걸었어. 그렇게 너는 그녀의 가장 훌륭한 동업자가 되었지.

잡지는 결코 쉽게 만들어지는 게 아니었어. 네가 만드는 잡지의 전신前身이었던 잡지는 내용이 대중들의 요구에 맞지 않을 뿐만 아니라 홍보가 제대로 이루어지지 않아 결국 쇠락의 길을 걷게 되었다지. 그나마 고정 독자층과 판매처가 남아 있어서 너희는 참신한 내용으로 잡지를 재정비하고 효과적인 홍보를 하는 일에만 집중하면 됐지. 기존의 편집부에서 일하던 직원도 두 명밖에 남지 않았기 때문에 상당히 고된 작업이었어.

너는 초봉이 무척 낮았음에도 그렇게 도전적인 작업이 마음에 든다고 했어. 그때 이미 그런 직업이야말로 네가 평생 나아가야 할 방향이라고 생각했는지도 모르지. 건물 한구석에 위치한 손바닥만 한 사무실이 네게는 우주와 같았어. 원고 선택과 교정부터 시작해 레이아웃, 조판, 인쇄 그리고 판매와 홍보에 이르기까지 그 모든 작업 하나하나에 지극 정성을 쏟았지. 그렇게 잡지가 서점에 깔린 첫날, 아직 잉크향이 채 가시지도 않은 따끈따끈한 잡지를 보며 넌 눈시울을 붉혔어.

2016년 2월, 「LLKX」는 다섯 번째 생일을 맞이했고, 너와 화잉도 아름다운 사랑의 결실을 맺었지. 그녀는 너와 꼭 닮은 사람이었어. 글에 대한 무한한 존경심과 열정을 가지고 있고, 인간이 가지고 있는 아름다운 꿈을 볼 줄 아는 사람. 그래, 그녀가 바로 네 곁에서 함께 일출을 볼 여자였어.

최근과 같은 출판 시장의 불황 속에서 잡지사들이 하나둘 문을 닫고 있는 가운데 너희는 여전히 너희들만의 색깔을 유지하며, 여전히 노력을 게을리하지 않는 모습으로 포기하지 않고 살아남았더구나.

열렬히 사랑하기에 버텨낸 거고,

열렬히 사랑하기에 지켜낸 거야.

물론 너도 견딜 수 없이 힘들 때가 있었겠지. 한없이 지칠 때, 손가락을 움직일 힘조차 없을 때, 끝도 없는 야근에 괴로울 때, 심지어 사람들에게 정신과 상담을 권유 받았던 때가 있었을 거야.

포기하지 말자 인생이 아름다워진다

그런 순간들을, 넌 모두 버텨왔어.

10년이 걸렸구나. 네가 영웅이 되겠다며 호언장담했던 그 때부터 꼭 10년이 흘렀어.

너의 글 속에는 영웅이 살아. 웅장한 기개를 마음껏 뽐내며 산꼭대기에 우뚝 서 있는 영웅이. 그 찬란한 미소 뒤에 온몸을 뒤덮은 상처를 간직한 영웅이.

◇ ◇ ◇ ◇

난 가끔 걸음을 멈추고 지하철의 날카로운 쇳소리나 저 멀리서 불어오는 매서운 바람 소리를 가만히 듣곤 해. 지하철을 오르내리는 사람들의 발걸음이 곧 세월의 흐름처럼 느껴져서. 거침없이 앞으로만 달려나가는 그것이.

오늘도 햇빛도 하늘도 없는 이 지하철역 안에는 노을빛의 조명만이 반짝이고, 지하철 속 북적이는 사람들은 저마다 피곤에 절어 졸음과 씨름하고 있구나. 이 단조로운 세상에서 사람들은 해가 지면 집으로 돌아가는 발걸음을 재촉하고, 다시 뜨는 해와 함께 좋든 싫든 하루를 시작하고 있어.

이게 바로 우리의 인생이야.

이렇게 우리는 이 땅 위에서 하루하루 걸음을 재촉하고 있어.

하지만 너는 한 마리 새와 같았어. 지치고 힘든 새. 그럼에도 날갯짓을 멈추지 않았지. 왜냐하면 너의 세계는 구름이 떠다니는 저 드넓은 하늘이었으니까.

이길 수 없는 적은
곧 친구다

리샤오이

너무 뭐든지 해내려고 하지 않아도 돼요.
다른 사람들이 사랑을 건넬 틈을 주세요.

◇

나는 한때 경제부 기자로, 불가능이란 없을 것만 같은 위인들을 여럿
취재했다. 그 중 가장 기억에 남는 인물은 단연코 '여장부' K씨이다.

당시 K씨와 나는 여러 번의 인터뷰 자리를 통해 기자와 취재대상의
관계에서 어느새 친구가 된 상태였다. 하지만 나는 여전히 빈손으로
시작해 거대 왕국을 일군 그녀를 존경하고 있었다. 그 무엇도 그녀에
게 대적할 수 없다고 생각했다. 그래서 어느 날 오후, 그녀의 사무실에

앉아 농장에서 갓 따온 잎차를 마시던 날 내가 물었다. "지금까지 실패해 보신 적은 없으세요? 저희 같은 보통 사람들도 비웃을 만한 실패담 하나만 풀어주세요."

그녀가 웃으며 대답했다. "엄청 많지요. 아마 들으면 한 달은 웃음이 끊이지 않을걸요. 그 중에서 오늘은 내 인생을 가장 변화시켰던 일을 들려줄게요." 그녀는 곧 이야기를 시작했다.

아들이 15살 때, 게임에 빠졌었어요. 그래서 게임을 못하게 하려고 온갖 방법을 동원했죠. 용돈도 끊어 보고, 타일러도 보고, 졸졸 쫓아다녀도 보고, 심지어 매까지 들었답니다. 그 전까진 아이를 한 번도 때린 적 없어요. 하지만 그땐 저도 참지 못하고 그만 따귀를 때리고 말았죠.

그 일로 아이와 저의 사이는 완전히 틀어졌어요. 내가 아무리 불같이 화를 내도 아이는 꿈쩍도 하지 않았죠. 그건 마치 제 화를 일부러 돋우려 하는 것처럼 보이기도 했어요. 어느 날 한번은 그 애가 굉장히 도발적인 태도로 비아냥대더군요. "엄마, 엄마는 뭐든지 '가능한' 사람 아니었어요? 엄마가 못 하는 것도 있었네요."

순간, 그 말에 정신이 번쩍 들었어요. 한창 질풍노도인 시기의 아이를 상대로 아무리 싸워봤자 소용이 없는 짓이었어요. '이에는 이'로 맞서선 안 되는 것이었죠. 그래서 방법을 바꾸기로 했어요.

"그렇게 게임이 하고 싶어?" 나는 아이에게 물었어요.

"네."

"좋아, 하고 싶으면 해야지. 그렇게 좋으면 한번 마음껏 해 봐. 엄마가 학교에 결석 신청을 해 줄 테니까. 만약 그렇게 해 보고 게임이 공부보다 더 재미있으면 학교를 그만두고 게임만 해도 돼. 대신 한 가지만 약속해. 네 또래들 중 가장 높은 점수를 받아야 해. 학교생활과 똑같은 거야. 평범하게 할 거면 그만둬. 이왕 하는 거 최선을 다해서 가장 좋은 결과를 내야지."

아이는 조금 당황하는 것 같더군요. 내가 무언가 일을 꾸미는 줄 알았는지, 쉽사리 믿지 않았어요.

나는 이어서 말했어요. "아들아, 너도 3년만 지나면 어른이야. 키는 벌써 엄마랑 비슷하고 말이야. 이제 엄마는 정신적으로도 체력적으로도 널 이기지 못할 것 같아. 하지만 엄마가 바라는 것은 오로지 네 행복뿐이야. 잠시만 행복한 게 아니라, 남은 인생을 편하고 즐겁게 살아가길 바라는 거야. 고작 게임 때문에 너와 이렇게 싸우는 걸 엄마는 원하지 않아. 그러니 마음껏 하게 해 줄게. 내일부터 학교는 잠시 쉬고, 엄마 옆에서 언제든 하고 싶은 만큼 게임을 하는 거야. 네가 게임을 하는 동안 엄마는 네 옆에서 일을 하고 있을게. 없는 사람처럼 생각해도 좋아. 앞으로 네가 대학교에 진학하고, 연애하고, 결혼하면 이제 우리 모자가 함께 하는 시간은 점점 줄어들 수밖에 없잖니. 그러니 지금은 엄마와 함께 있어줘."

아이는 고개를 떨구더군요. 반항하는 표정도 사그라졌어요.

나는 아이의 어깨를 말없이 토닥였어요. 한참 후, 아이가 들릴 듯 말 듯한 목소리로 겨우 입을 열었어요. "엄마, 사랑해요."

스스로와 타인 모두에게 충분한 틈을 남겨두면,
삶이 한결 수월해지거든요.

아이는 조금 움츠러들었지만, 그래도 내 뽀뽀를 거절하진 않았어요. 다음 날, 나는 아이와 함께 PC방으로 향했답니다.

◇◇

처음엔 그 아이도 무척 어색해했어요. 내가 옆에서 노트북으로 업무를 보고 있으니 아무래도 불편했겠죠. 하지만 금세 게임에 몰두하면서 적응해나갔어요. 나에게 게임에 대해 알려주기도 하고, 내가 금방 이해하지 못하자 바보 같다고 놀리기도 하면서요. 가끔 나는 아이에게 물이나 군것질거리를 사오라고 시켰어요. 그러다 업무상 중요한 전화가 오면 입구 쪽으로 나가서 받았고요.

그렇게 일주일이 지나자, 아들이 저에게 말하더군요. "엄마, 엄마 일이 힘들어 보여요."

그래서 내가 대답했어요. "너만 행복하다면 하나도 힘들지 않단다."

그때는 대답이 없던 그 애는 며칠 후 갑자기 이렇게 말하더군요. "앞으로는 제가 엄마랑 같이 출근할게요. 게임은 엄마가 퇴근하고 나서 같이 해요."

나는 속으로 깜짝 놀랐어요. 아이의 변화가 생각보다 빨랐으니까요.

둘째 주부터 아이는 나와 함께 회사로 출근한 다음, 일을 마치면 같이 PC방에 갔어요.

나는 아들에게 우리 회사의 상품들을 보여주고, 회사가 하는 일이나 나의 평소 업무 등을 설명해줬어요. 그리고는 말했죠. 일이 힘든 건 사실이지만, 다행히 엄마가 좋아하는 일인 데다 너와 동생이 곁에 있으니 큰 위로가 된다고요.

아이는 아무런 반응이 없었어요. 그러다 점심을 먹으면서 자신의 도시락에 있던 반찬을 내게 덜어주며 말하더군요. "엄마, 브로콜리 좋아하시잖아요."

좀 감동이었죠. 함께 보내는 두 주 동안 아이는 내가 브로콜리를 좋아한다는 사실을 알게 된 거예요.

셋째 주부터 아이가 사무실에 있는 시간이 점점 길어졌어요. 내가 일을 하는 동안 아이는 책을 보거나 숙제를 했죠. 심지어 시키지도 않았는데 선생님께 연락해 과제가 있는지 물어봐달라고까지 하더군요.

때론 틈틈이 내 컵을 지켜보다가 물이 떨어지면 바로 따라주거나, 에어컨의 온도를 슬쩍 확인해 보고는 춥거나 더워지면 알아서 조절해주기도 했어요. 심지어 두 시간에 한 번씩 애교를 떨기도 하더라니까요. 엄마, 좀 쉬세요, 나랑 수다 떨어요, 하면서.

나 역시 언제부턴가 아이 앞에서 '엄마처럼' 굴지 않게 되었어요. 아이에게 애교를 떤다거나, 심부름을 부탁하면 아이는 무척이나 신나했어요.

무뚝뚝했던 아이는 언제부턴가 부드럽고 다정한 남자가 되어 있었어요. 우리의 사이도 점점 화목해져갔죠.

넷째 주가 되자, 아이가 먼저 학교로 돌아가겠다고 하더군요.

나는 아이에게 왜 마음이 변했는지 묻지 않았어요. 암묵적인 약속 같은 것이었죠. 아이는 내게 괜찮다면 학교에 대신 연락해주고, 준비를 마친 후 학교까지 데려다 달라고 말했어요.

차에서 내릴 때가 되자 아이는 갑자기 나를 껴안으며 이렇게 말하더 군요. "엄마, 너무 뭐든지 해내려고 하지 않아도 돼요. 다른 사람들이 엄마를 사랑할 틈을 주세요."

그 말이 나의 심금을 울렸어요. 15살짜리 아이가 언제 그렇게 철이 들었는지.

◇◇◇

게임을 좋아하는 모든 아이들에게 나의 이런 방법이 효과가 있을지는 모르겠어요. 다만 아이의 저 말을 계기로 나는 다시 생각해 보게 됐어 요. '불가능이 없는' 여성이란 과연 무엇인지, '강인한' 여성이란 또 무 엇인지 말이에요.

예전의 나는 강인함이란, 정복하고, 승리하고, 종횡무진 누비고 다니 는 힘이 있는 것이라고만 생각했어요. 하지만 그 날, 문득 강인함이란 맞서 싸우는 것이 아니라는 것을 깨달았어요. 그것은 이른 봄, 온 땅을 촉촉이 적셔주는 봄비처럼 아름다운 것이자, 사랑하는 여인 앞에서 녹 아내리는 사나이의 마음처럼 부드러운 것이었어요.

강한 여자들은 문제가 생기면 그것을 적으로 인식하고 무찔러 승 리하려고 해요. 사실, 우리네 삶 속에 아무리 애를 써도 이길 수 없는 '적'이 얼마나 많나요. 이를테면 붙잡을 수 없는 세월, 도무지 이해할 수 없는 사랑, 질풍노도의 시기를 겪는 내 자식들, 내 마음대로 안 되 는 직장생활, 그리고 수시로 말을 바꾸는 거래처 등….

이들을 모두 '강한' 마음만으로 해결할 수는 없어요. 내가 먼저 틈을 보이고 때론 져주는 것으로 그들과 소통할 수 있는 문을 만들어줘야 하죠. 나의 마음가짐이 편해야 나와 함께 일하는 사람들도 편하지 않겠어요? 그렇게 화목한 분위기가 조성되면 문제는 자연히 해결되고요.

스스로와 타인 모두에게 충분한 틈을 남겨두면 삶이 한결 여유로워질 수 있거든요.

야망이란 아무리 커도 괜찮아요. 하지만 그것을 이루는 수단이 꼭 그만큼 강할 필요는 없죠.

이길 수 없는 적은, 곧 친구거든요.

적이 많아지면 힘든 건 자기 자신이에요. 돌멩이 두 개가 맞부딪히면 두 쪽 모두 깨지는 건 당연하니까요.

적을 친구로 만드는 건, 그들과 조화를 이루며 살아가는 건 굉장한 지혜랍니다.

그날 오후, 차를 마시며 이 '여장부'의 이야기를 듣는 동안, 나는 문득 또 한 명의 여장부 이야기가 떠올랐다.

언젠가 늦은 시간에서야 집에 돌아온 대처 부인은 열쇠가 보이지 않아 문을 두드렸다고 한다. 집 안에 있던 그녀의 남편이 물었다. "누구세요?"

그녀는 큰 소리로 외쳤다. "나는 영국의 총리다."

한참 동안 아무런 반응이 없었다.

그제야 그녀는 서둘러 다시 대답했다. "데니스, 나예요. 당신의 아내."

곧장 문이 열렸다.

영국 총리보다 '당신의 아내'가 더욱 강했던 것이다.

이렇듯 강인한 것이란, 나보다 강한 상대를 이기는 것이 아니라 너그러운 마음을 끝까지 유지하는 것이다.

포기하지 말자 인생이 아름다워진다

'다시 시작'이라는 말의 마법, 리셋 증후군!

도자기 토끼

자신의 내면에 저항하는 일은 분명 고통스럽다.
하지만 그것이야말로
우리가 진정으로 열심히 살고 있다는 증거이다.

나와 키위는 한 세미나 자리에서 만났다. 조를 나눠 토론을 하는 시간에 잠시 짬이 생기자 그녀가 조심스레 조원들에게 말을 걸었다. "저기, 여기 계신 다른 분들도 사회생활한 지 몇 년씩 된 분이죠? 혹시 그런 생각 안 들어요? 이런 강연 내용이 이론적으로는 이해가 가는데 막상 실천하기는 어렵다는 생각…."

순간 그녀의 말을 듣고 있던 조원들이 공감한다는 듯 고개를 끄덕였다. "누가 아니래요. 매번 이거 해라, 저거 해라…. 이런 세미나 안 들는 것보다야 듣는 게 낫다는 생각에 참여는 하고 있지만 좀 그래요."

세미나가 끝난 후, 같은 차를 타고 가면서 키위는 쉴 새 없이 고충을 토해냈다. "회사의 행정 업무라는 것이 얼마나 지루하고 미래도 없는 줄 아세요? 서류 정리해서 사장님 사인 받아오는 일만 종일 한다니까요. 매일같이 찍어낸 듯한 똑같은 날의 반복이에요."

그녀는 또 이렇게 말했다. "한땐 회사에서 영어 공부를 한 적도 있어요. 하지만 사무실 사람들이 전부 컴퓨터 게임을 하는 걸 보니 나만 괴물이 된 것 같았어요. 결국 그렇게 손을 놓게 되었죠. 졸업할 때의 그 열정은 이미 사라져 버린 지 오래예요. 하루하루 밥이나 축내고 하릴없이 나이만 먹어가는 기분이에요."

"일을 너무 오래해서 권태기가 온 걸까요?" 내가 물었다.

"맞아요, 맞아. 바로 그런 심정이에요. 일상에 새로운 일도 의지도 없어요. 우리 부서는 전망이 밝지 못해서 더욱 그런가 봐요." 그녀는 별안간에 말을 멈추고 내 손을 꼭 잡았다. "아무래도 직장을 옮겨야 하겠죠? 환경을 바꿔야 이 굴레에서 벗어날 수 있을 거예요, 그렇죠?"

나는 그녀의 대담함에 깜짝 놀랐다. "다음 직장에 대해 준비해놓은 건 있어요? 뭐 관심 있는 분야는 있고요?"

"그런 거 미리 생각해서 뭐 해요? 일단 그만두고 나서 천천히 찾아보면 되죠." 키위는 대수롭지 않다는 듯 손을 한 번 흔들어 보이며 말했다. "다른 환경에서 살 수 있다는 생각만 해도 기분이 좋아지고 의욕이 넘치는 것 같아요." 그녀의 눈빛이 마치 봄날 나뭇가지 끝에 핀 한 송이 꽃처럼 아름답게 빛났다. 마치 대학교를 막 졸업해, 자신감과 투지가 불타던 그 날로 돌아간 듯이.

차에서 내려 우리는 연락처를 교환했다. 2주가 채 지나지 않았을 때, 키위가 SNS에 글을 하나 올렸다.

"직업을 바꾸니 그야말로 환골탈태를 한 것처럼 후련하다. 새 직장아, 내가 간다!" 커피 한 잔을 들고 활짝 웃으며 브이 표시를 한 그녀의 사진도 함께였다.

그녀의 새로운 직업은 한 인터넷 회사의 비서였다. 그 일을 시작한 직후부터 그녀는 거의 매일같이 SNS에 사진을 도배했다. 테라스 화분에 핀 새싹, 회사 대표의 PPT 발표 모습, 매일 영어 공부를 했다는 표시, 운동 기록 등등. 긍정적인 에너지가 넘쳐흘렀다.

그렇게 약 반년쯤 지난 어느 날 그녀에게서 문자가 왔다. "나 다음 주에 상하이에 있는 다른 회사로 옮겨요. 주말에 식사나 함께 할까요?"

"부서를 이동하는 거예요? 갔다가 언제 다시 와요?"

그녀는 함박웃음을 짓는 이모티콘 몇 개와 함께 대답을 보내왔다. "부서 이동이 아니라, 이곳을 그만두고 다른 곳으로 또 옮기는 거예요. 이곳도 이제 신선함이 떨어져서. 새로운 환경에서 다시 시작하려고요."

"이번엔 또 어떤 곳인데요?" 내가 물었다.

"지금까지 하던 행정 업무죠, 뭐." 그녀가 대답했다. "알다시피 난 중국어 전공에 별 다른 기술이나 특기도 없잖아요. 다른 분야에 도전하고 싶어도 실력이 안 되는걸요."

내 동생 역시 대학교 2학년일 때 불평을 쏟아낸 적이 있다. "전공을 바꾸고 싶어. 국제관계학이 이렇게 재미없을 줄 몰랐어…."

"그럼 따로 하고 싶은 공부라도 있어? 어학? 금융? 컴퓨터?"

"생각 안 해봤어." 동생은 생각하기도 귀찮다는 듯 힘없이 대답했다. "그냥 지금 이 전공만 아니면 좋겠어. 환경을 새롭게 바꾸고 싶어. 전공만 바꾸든 학교를 바꾸든. 그냥 기숙사만 바꿔도 좋을 것 같아. 지금은 하루하루가 너무 따분해."

무력감이란 나이와 상관없이 모든 사람들에게 한 번쯤은 찾아오는 감정인 것 같다.

마치 유리병 속에 갇힌 작은 곤충처럼 무기력한 상태에서 주위를 둘러보면, 당장은 무엇이든 가능해 보이지만 사실은 그 어디에도 출구는 없다는 사실을 곧 발견하게 되고, 그렇게 금세 포기하게 된다.

권태롭고, 따분하고, 자극이 없는 하루하루를 보내다보면 그러한 쳇바퀴 굴러가듯 똑같은 일상에서 탈피하고 싶어도 그 방법을 모르는 경우가 많다.

3년 이상 업무상 변화가 없는 직업, 미래가 불분명한 전공, 너무 오래 만난 연인….

우리는 너무 쉽게 무력감을 느끼고, 너무 쉽게 그 무력감을 넘겨짚고는 곧 빠져나갈 핑계를 만든다. "처음으로 돌아가 다시 시작하면 괜찮을 거야."라고.

'다시 시작'이라는 말에는 그 무엇보다 강력한 마법이 있어서, 미지의 신세계를 마치 금방이라도 손 뻗으면 닿을 가까운 미래처럼 느껴지게 한다. 그래서 이 감옥 같은 삶에서 벗어나 그 신세계로 돌아갈 날을

포기하지 말자 인생이 아름다워진다

'다시 시작'이라는 말에는
그 무엇보다 강력한 마법이 있어서,
미지의 세계를 마치 금방이라도 손 뻗으면 닿을
가까운 미래처럼 느껴지게 한다.

견딜 수 없이 기대하게 만든다. 그렇게만 된다면 모든 것이 잘 될 거라 믿으면서 말이다.

우리는 늘 이런 무미건조한 삶에 신선함을 더하기 위해 외부적 환경을 바꾸려고만 한다. 하지만 우리네 삶이 처음부터 이토록 감옥 같은 것은 아니었다. 감옥은 우리의 마음속에 있는 것이다. 우리의 무력감은 삶의 탓이 결코 아니다. 사고思考를 게을리 하고, 변화를 게을리하며, 수련을 게을리하기에 생기는 마음의 상태인 것이다.

'다시 시작'이라는 이 네 글자는 더없이 쉽고 아름다운 것처럼 들리며, 저 먼 곳에 존재하는 낯설고 새로운 세계는 생각만 해도 사람의 마음을 설레게 한다. 우리는 경솔하게도 그 모습이 희미해 잘 알 수도 없는 '미래'임에도, 마치 그것이 당장 눈앞에 선명히 존재하는 것으로 착각한다. 그래서 자신의 힘으로 충분히 변화시킬 수 있는 현재의 이곳을 제대로 바라보지 못하는 것이다.

3년, 4년, 혹은 그보다 더 오래 종사하는 직업이라고 해서 정말로 더 배울 것이 전혀 없는 걸까? 당신이 그 정도로 업계의 달인이라는 말인가? 만약 아니라면, 당신과 그 달인들과는 또 어떤 차이가 있는 걸까?

우리가 선택하는 사회는 반드시 전공과 관련이 있어야만 하는 걸까? 스스로 습득 가능한 기술은 없을까? 이를테면 외국어나 포토샵, 새로운 소셜 네트워크의 운용 기술이나 회계의 기본 상식 같은 기술은 혼자서도 습득 가능하지 않을까?

인터넷의 보급으로 인해 이미 우리에게는 무한한 세상이 열렸다. 만

포기하지 말자 인생이 아름다워진다

약 진심으로 학습의 욕구가 있다면, 누구나 어디서든 손쉽게 심지어 무료로 관련 지식을 찾아볼 수 있는 시대이다.

만난 지 오래된 연인 사이는 정말 더 이상 재미가 없을까? 반짝반짝 빛나던 일상들이 오래 지속되면 정말로 암울한 회색빛으로 변하고야 마는 걸까? 아니면, 스스로가 더 이상 반짝반짝한 마음을 찾으려 하지 않은 건 아닐까? 오랜 시간이 흐르며 외부로부터 받은 자극이 사라진 탓에 누구와 함께 있어도 무료하게 느껴지는 건 아닐까?

우리는 언제나 서둘러 이 일상을 벗어나려고만 한다. 자신의 마음가 짐은 여전히 감옥에 가두어둔 채.

과거 한 친구가 있었다. 그녀는 어느 프랜차이즈 호텔의 프론트에서 장장 3년 동안 일하고 있었다. 그래서 우리는 내심 그녀의 투지가 다 식어 버려서 현재의 자리에 안주해 아마도 그 프론트 자리에서 뼈를 묻을 거라고 생각했었다. 그 때쯤 그녀가 좋은 소식을 알려왔다. 단번에 지배인으로 파격 승진이 되었다는 것이었다.

우리는 그녀와 함께 모이는 자리에서 어떻게 이러한 '역전'을 이루었는지 캐물었다. 그녀의 미소는 온화하고 눈빛은 침착했다. "사실 별 거 없어. 매일같이 상사가 어떻게 일하는지 보고 배운 것뿐이야. 직원 간의 불화는 어떻게 처리하는지, 각자의 작업량을 어떻게 나누는지, 다른 부서와는 어떤 식으로 협력하는지…." 그리고는 장난스런 미소를 지어 보이며 말을 이었다. "이 일의 유일한 장점이 바로 내 자리와 마주보는 곳에 바로 상사의 사무실이 있다는 것이었거든. 게다가 큰 소리로 통화하면서 문도 안 닫고 말이지."

그녀는 마치 별 거 아니라는 듯이 말했지만, 나는 그녀가 훨씬 많은 노력을 들였단 것을 알고 있었다. 언젠가 나에게 영어 학원을 추천해 달라 하고는 매주 주말마다 눈이 오나 비가 오나 열심히 다니던 그녀였기 때문이다. 또 한번은 나와 함께 서점에 가서 두꺼운 관리학 서적을 사와 너덜너덜해질 때까지 읽었다. 뿐만 아니라 호텔 유니폼을 예쁘게 입고 싶다며 몸무게를 10킬로그램 넘게 감량하기도 했다.

어쩌면 이것이 바로 무력감에서 탈피하는 가장 좋은 방식이 아닐까. 현재의 환경을 모두 뒤집어엎는 것도, '꿈을 좇는다'는 미명 하에 경솔하게 밑바닥부터 시작하려는 것도 아니다. 단지 사생활의 영역에서 묵묵히 엎드려, 하루하루 강해지는 것이다. 마치 앤디 듀프레인이 쇼생크 감옥에서 탈출하기 위해 필사적으로 벽에 굴을 팠던 것처럼.

우리가 벗어던져야 하는 것은 삶 그 자체가 아니다. 현실에 안주하는 자신, 변화에 저항하는 자신의 마음이다. 그러한 마음가짐을 버리지 못하는 사람은 평생 무력함에 발목이 잡혀, 아무리 '신세계'를 찾기 위해 바삐 돌아다녀도, 혹은 그나마 가지고 있는 일말의 투지마저 불사른다 해도, 그 무력감에서 벗어나진 못할 것이다.

섣불리 스스로의 삶을 벗어던지려 하지 말자. 무기력하게 대하고 있는 직장, 전공 그리고 연인을 벗어던지려 하지 말자. '감옥의 담벼락'을 허물기 위해서는 스스로의 마음에서 출구를 찾고, 삶을 더욱 충실하게 대하며, 재미와 희망을 가져야 한다. 이것이 처음부터 다시 시작하기 전에 반드시 생각해 봐야 할 일이다.

자신의 내면에 저항하는 일은 분명 고통스럽다. 하지만 그것이야말로 우리가 진정으로 열심히 살고 있다는 증거이다.

밤의 어둠을
지나온 사람만이
새벽의 빛을 볼 수 있다

웨이나

매번 좌절하고 실패할 때마다
우리의 영혼 깊은 곳에서 강인함의 씨앗이 자란다.
그런 고난의 길은 우리가 포기하지 않고 나아갈 힘을 길러준다.

_____

다행히도, 내 주변엔 모두 좋은 사람들뿐이다. 그들은 자신감 있고, 긍정적이며, 사람들에게 관대하다. 종종 궁금해졌다. 어디서 그렇게 밝은 에너지가 넘치는지. 그들은 언제나 타인에게 밝은 기운과 위로를 전해주고, 정작 자신들은 스트레스가 별로 없으니 위로 받을 일도 없다. 그저 한숨 푹 자고 일어나면 내일은 내일의 해가 뜬다는 식이다.

특히 회사에서 나의 파트너로 일하고 있는 이랑도 그런 사람이다. 그는 의리와 정을 최우선으로 하는 친구다. 나는 그 애를 볼 때마다 가

포기하지 말자 인생이 아름다워진다

숨이 뜨거워진다. 이랑이 사람들 앞에 서 있는 모습을 보고 있으면 마치 이 세계가 전부 그의 발아래 있는 것처럼 느껴지기도 한다. 그 정도로 그는 영특하고, 문학적이며, 세련된 사람이었다. 그 때문에 많은 여자들이 그를 따랐지만, 이랑은 계속 거절하기만 할 뿐이었다.

한번은 내가 물었다. 도대체 어떤 여자를 기대하는 거냐고. 그가 말했다. 자신이 손을 잡아줄 수 있는 여자였으면 좋겠다고. 정확히 말하자면 그가 챙겨줄 수 있는 여자, 심지어 평생 보살펴줄 수 있는 여자를 원한다고 했다. 지금 다가오는 여자들은 모두 강한 성격과 애교를 모두 가지고 있어서 어느 것이 진짜 성격인지 알 수가 없다고 말이다. 그래서 그는 어딘가 조금 모자란 탓에 자신이 끊임없이 챙겨줘야만 하는 여자를 찾는다고 했다.

나는 그의 말을 선뜻 이해하기 어려웠다. 사랑하는 사이라 하면 당연히 협력 관계를 이루어야 한다고 생각했다. 한쪽이 강하면 다른쪽도 그에 균형을 이룰 정도가 되거나, 한쪽이 남들 앞에서 이끌기를 좋아하면 다른쪽은 그의 천군만마가 되어준다거나, 한쪽이 힘들 때 다른 한쪽이 그의 위로가 되어주는 식으로 말이다.

그러던 중 나는 첫 출장을 가게 되었다. 닝샤 자치구에 있는 이름도 낯선 동네였다. 그래서 회사 동료들 중에 선뜻 나와 함께 가겠다고 하는 사람이 없었다. 유일하게 자원해준 사람이라곤 이랑뿐이었다. 나는 매우 감동받았다. 출장 가는 날은 마침 나의 생일이기도 했다. 이랑은 내 생일을 잊지 않고 축하해주며, 선물을 가져오지 못해 미안해했다. 대신 자신에게 물어보는 것은 무엇이든 대답해주겠다고 했다.

"너는 생일이 언제야? 그날 나도 너한테 무엇이든 다 말해줄게."

이랑은 고개를 저으며 대답했다. "나도 몰라."

"자기 생일을 모르는 사람이 어디 있어!" 나는 나를 놀리는 줄 알고 입이 벌어졌다.

그는 침울하게 고개만 끄덕일 뿐이었다.

이랑의 엄마는 한 차례 큰 병을 앓고 난 후 지적 장애가 생겼다고 한다. 그 상태에서 이랑이 들어섰다. 이랑은 어릴 적 타고난 성격이 겁이 많고 내성적이며 덩치가 작고 까매서, 친척들은 그 역시 지적 장애를 가지고 태어난 줄 알았지만 전혀 그렇지 않았다. 어릴 적 이랑은 엄마의 손을 끌고 나와 함께 채소를 심거나 땔감을 줍곤 했다. 때론 집으로 돌아오는 길을 잃고 헤매는 엄마를 찾아 손을 꼭 잡고 집까지 끌고 오기도 했는데, 그럴 때면 엄마는 오히려 이랑을 때렸다.

그 시절, 어린 이랑은 자신을 이러한 시험에 들게 하는 하늘을 원망하기도 했단다. 그러던 어느 날, 엄마와 함께 등산을 하던 중 산기슭에서 광풍을 만났다. 엄마는 이랑을 보호하느라 자신의 몸으로 이랑을 감쌌다. 하지만 그 위로 나무가 쓰러졌고, 그 이후로 엄마는 지적 장애뿐만 아니라 신체적 장애도 가진 몸이 되었다.

그 날 이후, 이랑은 틈만 나면 엄마에게 노래를 불러주고 시를 써주었다. 엄마는 전혀 알아듣지도 못하면서 바보 같은 얼굴로 무작정 그를 칭찬했다. "잘했어, 정말 좋아!"

엄마가 자신을 못 알아보는 게 아니라는 것쯤은 이랑도 알고 있었다. 다만 엄마에게 너무 많은 것을 바라고 싶지는 않았다. 그저 행복하거나, 때론 우울하게 매일을 함께 보낼 수 있다면 그걸로 좋았다.

　이랑은 학교에 들어가서도 사람들과 좀처럼 어울리지 못하고 늘 교실 구석에 멍하니 서서 반 친구들이 함께 노는 모습을 쳐다보고만 있었다고 한다. 그렇게 고등학교 2학년 1학기가 되었을 때까지만 해도 그의 성적은 썩 좋은 편이 아니었다. 2학기가 되었을 때, 그를 학교까지 바래다 준 엄마의 모습을 보고 한 친구가 우스갯소리를 했다. "어쩐지, 네가 그렇게 바보 같았던 게 다 유전이었구나." 이랑의 주먹에 힘이 들어갔다. 하지만 정작 손을 올리지는 못했다. 엄마가 그의 손을 꽉 잡고 있었다.

　그 사건을 계기로 이랑은 깨달았다. 자신이 강해져야만 자신이 속한 세계도 강해질 수 있다는 사실을. 그렇게 생각하자 더 이상 구석에 웅크려 있는 게 편하거나 안전하게 느껴지지 않았다. 그는 자신에게 다짐했다. 밖으로 나가보자고.

　그 해 반년의 시간 동안 그는 아예 다른 사람이 되었다. 매일 선생님의 뒤꽁무니를 졸졸 좇아다니며 모르는 문제에 대해 이해할 수 있을 때까지 질문을 던졌다. 여전히 말수가 적고 친구들과 어울리지도 않았지만, 조금씩 내공을 쌓아 올려 언젠가 강렬하게 폭파시킬 날만을 벼르고 있는 듯 보였다. 그리고 마침내 그 폭발이 이루어졌을 때, 그는 반에서 1등이 되어 있었다. 매번 해이해지려 할 때마다 여전히 그의 귓가에는 친구들이 비웃는 소리가 맴돌았다. "어쩐지, 네가 그렇게 바보 같았던 게 다 유전이었구나."

　이야기를 마친 그는 나를 보며 말했다. "그 순간, 마음이 얼마나 아

만약 서서히 다가오는 어둠을 견뎌 본 적 없고,
고통에 사무치는 과거를 경험해 보지 못했다면,
별이 빛나는 밤하늘이 주는 기쁨은 영원히 알 수 없을지도 모른다.
여명이 밝혀주는 인생의 의미를 이해할 수 없을지도 모른다.

팠는지 몰라. 가장 소중한 가족조차 지키지 못한 내 자신 때문에. 남자로서 그게 얼마나 비통하던지."

운명은 여전히 그의 편이 아니었다. 고등학교를 졸업 후, 그는 원하던 대학에 합격하지 못했다. 그토록 좋아하던 여학생과 이루어지지도 않았으며 다른 여자친구가 생기지도 않았다. 그는 홀로 고향 도시에서 오랫동안 방황했다. 매번 지하철역에 서 있을 때나 혹은 길거리를 지날 때, 베란다에 서 있을 때면 그는 문득문득 밤하늘이 보고 싶어졌다. 그의 가슴 속 가장 깊이 남아 있는 기억이 바로 엄마와 함께 수많은 밤하늘을 올려다본 것이기 때문이다.

비록 모든 일이 마음먹은 대로 이루어지진 않았지만, 그는 다시 한번 다짐했다. 이제 그만 구석에서 나와 보자고. 가서 직장도 구해 보고, 재충전도 해 보고, 변해 보자고. 그렇게 3년간 고군분투한 결과, 그는 드디어 적성에 맞는 분야를 찾게 되었고 그렇게 오늘날에 이른 것이다. 이랑은 이제 더 이상 암울했던 그 소년이 아니었다. 그 시절의 모든 열등감, 억울함 그리고 고난은 모두 다시는 떠올리고 싶지도 않은 한순간의 악몽처럼 느껴졌다.

만약 인생이 하나의 시험평가였다면, 이랑은 본인이 꽤 상위권일 거라고 말했다. 만약 오늘 이 자리에서 10년 전의 자신을 만나, 10년 후에 너는 이 모든 것을 가질 수 있다고 말해준다면, 10년 전의 그 소년은 절대로 믿지 않을 거라고도 했다. 하지만 이 엄청난 역량을 차근차근 축적하고, 이를 악물고 한 걸음씩 앞으로 나아가는 지금, 과거의 자신에게 상처를 주었던 사람들을 만난다면 해줄 말은 딱 하나뿐이라고 했다. 고맙다고.

때마침 닝샤에 도착했다. 이랑의 이 모든 이야기를 듣기 전까지 나는 이랑에게 그런 과거가 있음을 감히 상상할 수도 없었다. 이 완벽해 보이기만 했던 청년에게 이런 과거가 감추어져 있었다니.

언젠가 유명 여배우를 인터뷰한 기사를 읽은 적 있다. 기자는 그녀에게 과거 3류 영화에 출연했던 것에 대해 어떻게 생각 하냐고 물었다. 그 날카로운 질문에 그녀는 웃으며 대답했다. "그런 시기를 겪어 보지 않은 사람은 절대 알 수 없어요. 그 시절이 우리의 인생을 얼마나 아름답게 만들어주는지. 그런 경험이 있기 때문에 오늘의 내가 이토록 아름답게 피어날 수 있었거든요."

인간이란 얼마큼의 길을 홀로 걸어왔는지, 얼마큼의 상처를 홀로 숨겨왔는지에 따라 얼마큼의 역량을 가지고 있는지 알 수 있다. 또한 과거 희생과 억울함을 감수해 온 꼭 그만큼 오늘의 내가 더욱 강해지는 것이다.

필경, 마지막까지 우리를 점점 완벽하게 만들어주는 것은 그러한 고난의 시간들이다. 매번 좌절하고 실패할 때마다 우리의 영혼 깊은 곳에서 강인함의 씨앗이 자란다. 그런 고난의 길은 우리가 포기하지 않고 나아갈 힘을 길러준다.

만약, 지금 아득한 길 위에서 헤매고 있다면, 상처와 아픔에 어찌할 바를 모르겠다면, 잊지 말아야 한다. 지금 이 순간보다 더 좋은 인생은 없다는 것을. 만약 서서히 다가오는 어둠을 견뎌 본 적 없고, 고통에 사무치는 과거를 경험해 보지 못했다면, 별이 빛나는 밤하늘이 주

는 기쁨은 영원히 알 수 없을지도 모른다. 여명이 밝혀주는 인생의 의
미를 이해할 수 없을지도 모른다.

포기하지 말자 인생이 아름다워진다

노력은 반드시 보답을 얻는다.

리샹룽

누구나 0에서 시작하여 한참을 버텨낸 후에야
비로소 꿈을 논할 수 있다.
그 전까지는 그 어떤 시시함이나 따분함, 암흑의 시간도
모두 필수불가결한 것이다.

최근 새 영화를 촬영하느라 매우 바빴다. 잠잘 시간도 없이 베이징의 구석구석을 누비고 다녔다. 그래서 차만 타면 졸다가 베이징의 찬바람에 애써 정신을 차리곤 했다. 글이라곤 한 글자도 쓸 시간이 없었다. 어제 촬영을 모두 마친 후 밤새도록 술을 마시고 늦잠을 자다가 이제야 일어나 몇 자 적어 보려 한다. 속절없이 흐르는 시간 속에서 휘발되는 수많은 기억들을 붙잡아놓기 위해서는 글로써 기록해두는 수밖에 없기에.

이번 작품의 주인공은 우리 팀에 합류한 지 얼마 되지 않은 샤오쑹이었다. 그와는 1년 전에 처음 만났다. 팀에 마땅히 사람이 필요한 상황도 아니었는데 그는 무작정 우리를 찾아와 물었다. "제가 영화는 잘 모르지만, 이곳에서 일할 수 있을까요?"

사실 영화 일을 하는 사람들은 그런 말을 굉장히 꺼린다. "영화에 대해서 아는 건 없지만 보는 건 무척 좋아합니다. 그러니 일을 시켜 주십시오." 하는 것 말이다. 사실 영화를 '좋아하는' 것과 '만드는' 것은 서로 완전히 다른 두 가지 일이다. 하지만 이를 모르는 사람들은 한 편의 영화가 탄생하기 위해 얼마나 많은 사람들이 밤낮없이 체력과 두뇌를 혹사시키고 있는지 미처 알지 못하는 경우가 대부분이다. 마치 아이는 좋아하지만 아이를 낳고 키우는 과정은 좋아하지 않는 것처럼.

나는 그에게 물었다. "힘들 텐데?"

그가 대답했다. "할 수 있습니다."

그래서 우리는 한번 두고 보자는 심산으로 샤오쑹을 채용한 뒤, 우리 팀의 도시락을 맡겼다. 간혹 인서트 화면을 촬영해야 할 때면 화면 어딘가에 그를 앉혀놓기도 했다. 어색하지 않은 선에서 얼굴이 찍혀도 좋았다. 사실 샤오쑹이 오기 전에도 많은 사람들이 그 어떤 고생도 이겨낼 수 있다며 호기롭게 이곳에 찾아왔었다. 하지만 며칠 버티지 못했다. 밤을 새거나 아침에 일찍 일어나는 게 힘들어서, 혹은 춥거나 덥다는 이유로 금방 그만둬 버렸다. 그런 사람들은 대부분 도시락 담당을 맡기면 인터넷으로 대충 찾거나 가까이에 있는 아무 가게에서 배달을 시키곤 했다. 팀원들의 식성 같은 건 조금도 고려하지 않은 채 말이다. 결국 '엔지NG'를 내고 중도 포기하는 사람들만 늘어갔다. 꾸준히 일을 잘하는 사람은 지극히 드물었다.

그가 우리와 일하게 된 첫날 저녁, 나는 샤오쑹이 연기자들은 물론 촬영, 조명, 녹음 스태프들까지 일일이 찾아다니는 모습을 보았다. 마침내 나에게 온 그는 직접 작성한 메뉴판을 보여주며 물었다. "감독님, 어떤 게 좋으시겠어요? 첫 번째 도시락의 경우 음식 종류는 다양하지만 가격이 비싸서 예산이 좀 높아요. 두 번째는 저렴한 대신 고기 종류는 없고 구성이 비교적 단출하고요. 저는 두 번째가 어떨까 하는데요. 여자들은 저녁 식사로 느끼한 건 별로 안 좋아하잖아요. 게다가 곧 촬영이 끝나니 출출해도 알아서 사먹을 수 있고요. 그럼, 어떤 게 더 마음에 드시는지 생각해 보세요. 바로 가서 사오겠습니다."

나는 내심 놀라지 않을 수 없었다. 지금껏 도시락을 맡았던 대부분의 신입들은 그 일을 무척이나 사소하고 간단하게만 치부했었다. 그래서 팀원들과 상의할 생각은커녕 대충대충 사다놓는 바람에 매번 도시락 뚜껑을 열기가 두려울 정도였다.

하지만 샤오쑹은 달랐다. 그는 우선 모든 여자 스태프들에게 가리는 음식이 있는지 물어본 후 몇 가지 메뉴를 정했다. 그 다음 남자 스태프들에게 그 메뉴들이 어떤지 동의를 구했다. 때때로 오전부터 핸드폰을 들고 무언가 꼼꼼히 따져 보기도 했다. 덕분에 그가 준비하는 도시락은 모든 사람들이 좋아했을 뿐만 아니라 예산을 넘는 법도 없었다.

한번은 그가 제작팀에게 다가와 예산을 더 달라고 요청한 적이 있다. 때마침 그 옆에 있던 내가 물었다. "지금까지 그걸로 충분하지 않

생각해 본 적 있는가.
생각해 본 적 있는가.
단순하다고 생각했던 일에 조금만 주의를 기울이면
결과가 얼마나 달라질지.

왔어? 이번엔 어쩌다 부족하게 된 거야?"

그가 말했다. "팀원 중에 두 명의 위구르족중국에서 다섯 번째로 규모가 큰
소수민족. 대부분 이슬람교를 믿는 그들은 제한된 음식만 먹는다 - 옮긴이이 있어요. 그
들에게 무슬림 요리를 준비해주고 싶은데 그럼 다른 사람들이 불공평
하다고 생각할 것 같아서, 오늘은 다 같이 무슬림 요리를 먹을까 하고
요. 그런데 근처 무슬림 식당 가격이 조금 비싸요. 좀 떨어진 곳에 배
달 가능한 식당이 하나 더 있긴 하지만 그곳은 배달료를 별도로 지불
해야 하고요. 대충 계산해 보니 가장 저렴한 도시락도 개당 30위안 정
도 하더군요. 어디에 주문해도 예산이 초과될 거 같아서 어쩔 수 없이
예산이 더 필요합니다."

그가 한참을 떠드는 말을 솔직히 다 이해할 순 없었지만, 그의 마음
씀씀이만은 고스란히 느껴졌다. 고작 도시락을 준비하는 것뿐일지라
도 최선을 다하려는 그 마음가짐을 말이다. 머리로 일을 하면 일을 그
르치지 않을 순 있을 것이다. 하지만 마음으로 일을 한다면 일의 결과
가 좋아진다.

이후 우리 팀이 담당하는 프로젝트는 점점 많아졌다. 샤오쑹은 여전
히 어떤 일이든 적극적으로 임할 뿐만 아니라 연기에도 천부적인 재능
을 보였다. 그렇게 그는 서서히 우리 팀에 없어서는 안 될 핵심 구성원
으로 자리 잡게 되었다.

많은 사회 초년생들이 다음과 같이 말하곤 한다. "일이 너무 재미없
어요. 출근해서 하는 일이라곤 종일 커피를 타거나 보고서를 쓰는 일
뿐이라니까요." 하지만 사회에 첫발을 내디딘 사람이라면 누구나 0에

서부터 시작한다. 커피를 타는 일이 확실히 재미있는 일은 아니다. 남의 쓰레기통을 비워주는 일 역시 마찬가지다. 보고서를 작성하는 일은 말할 것도 없다. 그럼에도 잊지 말아야 할 것이 있다. 어느 분야에서든 처음 시작할 때는 누구나 0의 상태라는 것이다. 그 시기를 지나야만 차례대로 하나둘 가질 수 있게 된다. 그 과정은 누구에게나 필요하다. 장담하건대, 일 때문에 밤을 꼬박 새우는 피곤한 일상은 반드시 끝난다. 그리고 그런 '생존기'를 버텨낸 후에야 비로소 꿈을 논할 수 있게 된다. 그 전까지는 그 어떤 시시함이나 따분함, 암흑의 시간도 모두 필수불가결한 것이다.

그러니, 단순하고 재미없는 일들을 대강 해치우고 말 것인지, 아니면 성심성의껏 해낼 것인지는 스스로 선택해야 한다.

반대로 생각해 보면 회사의 입장에서는 요즘 젊은이들이 어려운 일은 할 줄 모르면서 쉬운 일은 하기 싫어한다고 여길 수도 있다. 나는 무려 대학까지 졸업한 인재인데 감히 나에게 쓰레기통 비우는 일 따위나 시킨단 말이야? 흥, 절대 안 해. 비우고 싶으면 자기가 비우라지.

하지만 상사가 당신에게 당장 회사의 중요 재무제표를 보여주거나 앞으로의 회사 운영 방침을 알려주며 중요한 프로젝트를 맡긴다 한들, 그것을 감당할 수 있겠는가?

20대에는 겸손함을 잊지 말아야 한다. 당신은 생각만큼 중요한 인재가 아니다. 한창 젊은 나이이니만큼 경험도 부족하다. 내키지 않는 일을 조금 한다고 해서 죽진 않는다. 그것이 모두 당신의 경험이 되어줄 것이다. 무엇보다 본인의 실력은 감안하지 않고 안목만 높이는 태도는 지양해야 한다. 생각해 본 적 있는가. 단순하다고 생각했던 일에 조금만 주의를 기울이면 결과가 얼마나 달라질지.

회사에서 청소를 시켰다면, 상사의 사무실 바닥까지 깨끗이 쓸어놓는다. 그것이 바로 상사와 한 마디라도 더 나눌 기회가 되어주지 않겠는가? 회사에서 서류를 만들라고 시켰다면, 정확하고 효율적으로 업무를 마칠 수 있도록 선배들을 찾아가 조언을 구한다. 이야기를 나누다보면 그들은 어느새 당신의 친구가 되어 있을 것이다. 택배 업무를 담당하게 되었을 때, 모든 택배기사들의 전화번호와 각 택배사의 장단점을 정리한 리스트를 작성하여 각 직원들에게 나눠준다면 그들은 분명 당신에게 무척이나 고마워할 것이다.

일의 경중과 상관없이 적극적인 자세로 임하는 사람은 동료들에게 예상치 못한 기쁨을 안겨줄 수 있다. 그러나 소극적인 사람들은 업무 방면에서도 빛을 보지 못할 뿐만 아니라 사람들의 원성을 듣게 될 수도 있다. 그럴 필요 있는가?

다만 모든 일에는 예외가 있는 법이다. 만약 한 자리에서 3년쯤 일하고도 아무런 발전이 없다고 생각해 보자. 일상은 쳇바퀴 돌듯 돌아가고, 승진이나 월급 인상의 기회는 조금도 보이지 않는다. 그런 경우라면 다른 길을 고려해 볼 만하다.

최근 몇 년 사이 당신이 나태해졌거나 회사가 도움이 되지 않는다고 생각된다면 당장 손에 쥐고 있는 지루하고 반복적인 업무를 내려놓고 다른 영역으로 자리를 옮겨야만 한다.

언젠가 샤오쑹에게 물은 적이 있다. "도시락 담당 업무는 하기 싫었지?"

그가 대답했다. "싫을 게 뭐가 있어요?"

"그런 지루한 일이나 하는 통에 본인의 재능이 썩는 게 아깝지 않았어?"

"지루하다고 생각하지 않았어요. 뭐든지 대충 하면 지루하게 느껴지지만, 제대로 하면 조금도 지루하지 않거든요."

그렇다. 매 끼 도시락을 사오는 일, 모든 자질구레한 일을 제대로 해내는 일은 분명 조금도 지루하지 않을 수 있다.

포기하지 말자 인생이 아름다워진다

우연한 성공은
실패보다 무섭다

뱃사공

자신에게 맞는 길이라면 한 걸음 한 걸음이
왠지 모르게 가볍고 순조로울 것이다.
그 끝이 성공이 아니더라도 그 과정만은 경험할 수 있다.

◇

샤오자오는 나와 2년째 동업 중인 동료이자 사회생활을 시작하면서
만난 친구이다. 그녀는 매우 온화하며 모험을 즐기지 않는 성격이다.
아마도 어렸을 때부터 착한 어린이의 전형이었을 것이다.

　최근 들어 그녀는 무슨 고민이 있는 듯 보였다. 일에도 좀처럼 집중
하지 못하고 종종 사소한 실수를 저지르곤 했다. 지금껏 누구보다 열
심히 일했던 그녀의 그런 모습이 생소했던 나는 그녀 신변에 무언가

안 좋은 일이 일어났음을 직감했다.

"요즘 어디에 그렇게 정신이 팔려 있는 거야? 무슨 일이 있어?" 나는 서류를 정리하며 슬쩍 말을 꺼냈다.

"부모님이 자꾸 결혼하라잖아!"

나는 웃으며 말했다. "그게 어때서? 너에게는 오랫동안 함께한 우하오가 있잖아. 그를 집에 인사시키면 되는 일 아니야?"

그녀가 말했다. "바로 그게 문제야. 결혼 같은 건 아무래도 상관없어. 부모님이 하라면 하면 되지 뭐. 하지만 그게 나 혼자 되는 일은 아니잖아! 우하오는 먼저 기반을 잡고 난 후에 가정을 이루고 싶어 하는데, 그 자리가 좀처럼 잡혀야 말이지. 그래서 그인 아직 결혼 생각이 없대."

"맞다, 그 사람 직업이 뭐야? 몇 번을 물어봐도 왜 안 알려주니?" 샤오자오에게 남자친구가 하는 일을 물을 때마다 그녀는 늘 입을 다물었다.

◇◇

"그는 인디 음악을 하고 있어. 하지만 지금까지 별 인기를 얻진 못했어. 대학생 때부터 친구들과 밴드를 결성해서 얼마나 열심히 했는지 몰라. 내가 그를 처음 만났을 때 그는 무대 위에서 공연을 하고 있었어. 그런 그의 모습에서 반짝반짝 빛이 나는 듯했어. 난 그만 반하고 말았지.

그렇게 그와 사귀게 되었고, 사람들의 부러움을 한몸에 받는 커플이 되었어. 학교를 졸업한 후 다른 친구들은 각자 안정적인 생활을 위해 다른 직업을 찾아 떠나기 시작했어. 그렇게 밴드는 해체되었고, 남은 건 그이 한 명이야. 그런 그에게 내가 할 수 있는 건 음악을 들어주고, 응원해주는 것밖에 없어. 이 세상에 그를 위한 관중이 단 한 명만 남게 된다면, 그게 바로 나일거야.

음악적인 도움을 줄 순 없다는 걸 알아. 내가 할 수 있는 거라곤 끊임없이 격려해주고, 사랑해주는 일뿐이야.

지금까지 수많은 사람들이 직접적으로 혹은 빙빙 돌려 말하며 만류했지만, 그는 단 한 번도 음악을 그만두려고 하지 않았어. 이미 힘든 사람에게 나까지 부담을 주고 싶지 않아. 어쩌면 그 길이 진짜 그에게 맞지 않는 길일 수도 있겠지. 하지만 그가 스스로 그만둔다면 모를까 나는 그의 꿈을 망치는 사람이 되고 싶지도, 결혼 때문에 그에게 좋아하지도 않는 일을 하라고 강요하고 싶지도 않아. 하지만 아빠는 내가 반드시 안정적인 직업을 가지고 있는 남자를 만나길 원하셔."

이것이 샤오자오가 내게 처음으로 해준 그의 남자친구에 대한 이야기다.

"만약 그가 정말 그 길과 맞지 않는 사람이라면 네가 말해주는 게 좋지 않을까. 다시 한 번 고민해 보라고 말이야. 재능이 보이지 않는 분야에 젊음을 허비하는 것도 좋은 방법은 아니니까. 결국 우리가 계속 살아가야 하는 곳은 꿈속이 아니라 현실이잖니." 나는 커피를 한 모금 넘기고, 진지하게 그녀에게 말해주었다.

◇ ◇ ◇ .

"작년 겨울, 그도 그만두려 했었어. 근데 하필 그 순간에 그의 곡이 작은 상을 하나 받게 된 거야. 드디어 오랫동안 노력한 것에 대한 보상을 받게 되었다는 생각에 그는 자면서도 웃음이 나올 정도로 기뻤대. 그 이후로 더욱 더 자신감이 생긴 거 같아.

그때부터 그는 자신이 당장 유명한 가수라도 된 듯 거만해지기 시작했어. 종일 공연에 대한 생각만 했지. 하지만 좀처럼 그를 불러주는 곳은 없었어. 그가 먼저 클럽 같은 곳의 문을 두드려도 모두 '예의바르게' 그를 '거절'해 버렸어. 언젠가 술집에서 깡패들에게 끌려나오던 그의 모습은 정말이지 영원히 잊지 못할 거야. 얼굴에 온통 시퍼런 멍이든 그는 길 한가운데서 마치 미친 사람처럼 소리를 고래고래 질러대기 시작했어. 나는 그저 길 한편에 서서 아무것도 할 수 없었어.

그는 변했어. 그는 더 이상 예전처럼 겸손하게 노력하며 꿈을 좇는 그 우하오가 아니야.

언젠가부터 그는 귀를 닫고 그 어떤 말도 듣지 않기 시작했어. 나도 가끔은 그가 자기 처지를 잘 모르는 것 같다는 생각이 들어. 그리고 그런 생각이 들 때마다 가슴이 아파. 누가 뭐래도 그는 내가 가장 사랑하는 사람이니까! 나는 그저 그가 행복했으면 좋겠어. 하지만 지금 그는 대부분의 시간을 의욕 없이 보내고 있어. 그건 두렵지 않아. 진짜 두려운 건, 자기 자신의 모습이 없어지는 거야. 그리고 그는 지금 점점 자기 자신을 잃어가고 있어."

"그 우연한 성공이 독이 되었구나. 그 때문에 다른 즐거움은 더 이

포기하지 말자 인생이 아름다워진다

의욕이 없는 건 두렵지 않아.
진짜 두려운 건, 자기 자신의 모습이 없어지는 거야.

상 알 수 없게 된 거야. 때론 우연한 성공이 실패보다 더 무서운 것 같아." 샤오자오는 여전히 미간을 찌푸린 채 고민에 빠져 있었다. 그리고 나 역시 당장은 좋은 해결 방법이 떠오르지 않았다. 그저 내 의견을 들려줄 뿐이었다.

우연한 성공이란 마치 쓰디쓴 한약을 마신 뒤 먹는 사탕 한 알 같은 것이다. 그 쓴맛을 간신히 목구멍으로 넘긴 다음 곧바로 스며든 달콤함이 혓바닥을 장악하면, 그 다음부터는 그 어떤 쓴맛도 참고 견딜 수 있게 된다. 더 이상의 사탕은 없을지도 모른다는 사실을 망각한 채.

'우연한 성공'에 취해 자신에게 맞지 않는 길에서 꾸물대며 좀처럼 앞으로 나아가지 못하고 있다면, 한 번쯤 곰곰이 생각해 봐야 한다. 그것이 과연 진심으로 인정받은 것인지, 아니면 어쩌다 듣게 된 칭찬일 뿐인지 말이다.

◇ ◇ ◇ ◇

이는 도박과도 비슷하다. 계속 지기만 해서 결국 손을 떼려고 할 때쯤 갑자기 한 판이라도 이기면 기분이 어떻겠는가? 죽다 살아난 것 같지 않겠는가? 사람들은 그런 상황이 되면 으레 이대로 몇 번 더 이겨 일확천금을 손에 넣겠다는 생각을 하지, 어쩌면 그게 처음이자 마지막 행운일지도 모른다는 생각은 전혀 하지 못한다.

위화의 소설 〈인생〉의 주인공 푸구이는 젊은 시절 영락없는 노름꾼이었다. 그는 '우연한 성공'의 늪에 빠져 노름에서 좀처럼 헤어 나오지 못했다. 결국 전 재산을 잃고 길거리에 나앉게 되면서 손을 털 수밖에

포기하지 말자 인생이 아름다워진다

없게 된다. 그 모습이 어찌나 눈물겹던지.

　도박과 같은 게임이야말로 한두 번의 '우연한 성공'에 의지해 계속 도박에 중독되도록 만드는 것이다. 만약 사람들이 계속 지기만 해서 얼마 버티지 못하고 포기해 버린다면 도박장은 무슨 수로 돈을 벌겠는가? 이 때문에 가끔씩 일부러 져주면서 승리의 달콤함을 미끼로 도박에서 벗어나지 못하게 붙잡아두는 것이다.

◇ ◇ ◇ ◇ ◇

물론 인생이 영원히 순풍에 돛 단 듯 흘러갈 수는 없다. 어떤 일은 아주 오래 지속해야만 가능한 것도 있다. 아무리 그렇다 해도 자신에게 맞는 길인지 그리고 내가 행복한지 아닌지는 분명히 스스로 알아챌 수 있다. 게다가 정말 자신에게 맞는 길이라면 한 걸음 한 걸음이 왠지 모르게 가볍고 순조로울 것이다. 설령 그 끝이 성공이 아니라 해도 그 과정만은 경험할 수 있다.

　현재 당신에게 고통을 안겨주는 그 꿈이 당초 가졌던 그 꿈이 정말 맞는가?

　샤오자오의 남자친구처럼 음악에 대한 열정은 넘치나 그것이 성과로 이어지지 않고, 손을 놓지 않는 것만으로도 만족한다면, 그래서 주변인의 안 좋은 평가는 귀를 닫고 무시해 버리며 자만한 채 초심을 돌보지 않는다면, 그래서 맞지 않는 길을 점점 더 멀리 떠나고 있는 거라면 이 얼마나 안타까운 일인가.

　모두가 성공을 갈망하지만 우연히 얻은 성공은 걸림돌이 될 뿐이다.

진정한 성공이라면 우리에게 끝없는 절망만 안기면서 걸리적거리는 게 아니라 오히려 우리를 더욱 훌륭한 사람으로 만들어 줄 것이다.

인생을 운에만 맡길 수 없듯이 우연한 성공에만 기대서도 안 된다. 1등의 자리는 그리 쉽게 얻어지지도 않고 많지도 않다. 틀린 길을 가고 있는 사람들이 겪게 되는 우연한 성공이란 멸망의 도화선이나 마찬가지이다.

정확한 길을 찾아 성실하게 걸어 나가는 것만이 왕도이다. 우연히 얻은 성공은 절대 영원히 빛나지 않는다.

포기하지 말자 인생이 아름다워진다

포기하지 않는 사람에게
막다른 길이란 없다

그는 자신에게 주어진 운명을 묵묵히 받아들이고,
최선의 노력으로 그 짓궂은 운명에 대항했다.
그렇게 그는 스스로의 삶을 바꾸고 운명을 바꿨다.

L은 나의 어릴 적 과외 선생님이자 이웃사촌이었다. 나보다 다섯 살 많고, 공부벌레처럼 생겨서는 늘 전교 1등을 놓치지 않는 우등생이었다.

하지만 그는 매우 딱한 신세였다. 그는 앞이 안 보이는 아버지와 말을 못 하는 어머니 사이에서 태어났다. 그래서 많은 사람들이 그 역시 선천적인 장애를 가진 것 아닌가 하고 걱정했었다. 다행히 L은 무척 건강했다. 학교에 입학할 즈음에는 오히려 또래 아이들보다 훨씬 영특함을 보였다. 하지만 그의 남동생에게는 그런 행운이 찾아오지 않았다. 선천적 지적 장애를 가지고 태어난 것이다.

이러한 부모님과 남동생의 장애로 인해 집안 형편은 늘 어려웠다. 그들은 기초생활수급자로 매달 정부로부터 일정 금액을 지원받았지만, 그것만으로는 터무니없이 부족했다. 그래서 이런 딱한 사정을 안타까워한 주변 이웃들이 음식이나 옷 등을 가져다주곤 했다. 말을 못하시는 L의 어머니는 웅얼웅얼하며 어떻게든 감사 인사를 전했다. 해마다 수확철이면 L의 아버지는 아내의 부축을 받아 이웃들에게 직접 기른 채소를 나눠주었다.

L은 매년 여름방학 때마다 우리 동네 아이들에게 과외 수업을 해주었다. 우리는 그와 함께 다음 학기 과정을 예습하고 약간의 수업료를 지불했다.

동네 어른들은 기꺼이 아이들을 맡겼다. 그가 일정 시간 동안 아이들을 봐주고 공부까지 시켜주니 말이다.

나는 그 중 성적이 가장 좋은 아이였다. 남들보다 먼저 배운다는 게 무척 신났던 것 같다. 그래서 L은 종종 나를 특별히 더 챙겨주었다. 나는 쉬는 시간에도 그에게 이런저런 질문을 하곤 했다. 그리고는 늘 생각했다. L처럼 성격 좋고, 성숙하고, 남들보다 우수한 사람에게 이런 기구한 운명은 어울리지 않는다고.

몇 년 후, L은 가오카오^{매년 6월 7일과 8일 양일간 치러지는 중국의 대학수학능력} ^{시험 – 옮긴이}를 보았다. 줄곧 성적이 좋았던 그였지만 점수는 생각만큼 나오지 않아, 1등급 커트라인을 간신히 넘겼다. 나는 이해할 수가 없었다. L의 성적은 줄곧 최상위권이었기 때문이다. 한 번도 떨어진 적이 없었던 그였는데 이상했다.

나중에 가족들에게 들기로는, 수능 바로 전날 밤 열심히 공부를 하고 있던 그에게 지적 장애 동생이 얼음물을 끼얹어 버렸다고 한다. 결국 고열에 시달리던 그는 다음날 첫 시간에 문제를 반밖에 풀지 못한 채 정신을 잃었고, 이것이 전체 점수에 영향을 끼쳤던 것이다.

동생은 부모님께 곤죽이 될 때까지 맞았다고 한다. L의 수능 점수에 온 집안의 희망이 달려 있었을 터였다. 만약 그가 평소처럼 고득점을 맞았다면 대학교에서 각종 장학금과 혜택을 받을 수 있었을 것이다. 그것은 L의 희망이기도 했다. 그래야만 대학교를 다닐 수 있기 때문이다. 하지만 동생이 얼음물을 끼얹어 버린 순간 그 모든 것이 씻겨 내려가 버렸다.

보통의 가정에서 발생했어도 충분히 심각한 문제였을 일이니만큼 그 가없은 집안에는 더욱 더 치명적이었다. 다른 사람이라면 내년 수능을 다시 한 번 노려 볼 수도 있었겠지만, 그의 형편상 재수를 한다는 것은 현실적으로 많은 부담이 따랐다.

나는 L에게 일어난 모든 불행이 안타까워 견딜 수가 없었다. 그에게 달려가 아무 말이라도 꺼내 위로해주고 싶었다. 그의 집에 도착하자, 그 대신 그의 동생이 나와 그가 지금 부모님과 함께 채소를 팔러 나갔다고 전해주었다.

6월의 작열하는 태양 아래 L의 얼굴이 빨갛게 익어가고 있었다. 나는 그에게 달려가 물었다. "대학은 안 가고 계속 채소나 팔 거야?"

비록 기대했던 만큼의 성적은 아니라 해도 턱걸이로나마 1등급은 넘긴 점수였다. 그야말로 운명을 바꿀 수 있는 기회이지 않은가!

L은 웃으며 말했다. "지금 학비 벌고 있잖아?" 내리쬐는 태양빛에 조금 시들해진 각종 채소들을 보며 나는 코끝이 시큰거렸다. 보통 가정에서 자란 그때의 나는 그를 도와줄 수 있는 능력이 없었다.

나는 걱정스레 물었다. "대학교는 갈 수 있는 거지?" L이 말했다. "물론이지."

그렇지만 나는 걱정을 지울 수 없었다. 며칠 전 엄마가 말했다. L의 집 재산을 전부 합쳐 봐야 천 위안도 안 될 거라고. 하지만 대학교 1년 학비는 몇천 위안이었다.

후에 L이 비교적 넉넉한 형편의 이웃을 찾아가 학비를 빌렸다는 소식을 들었다. 대학교에 입학 후 일을 해서 최대한 빨리 갚겠다고 말이다.

다행히 L을 어릴 때부터 봐오던 동네 어른들은 전부 그를 좋아하고 그의 가정환경을 안타까워 하셨기에 발 벗고 나서서 도움을 주셨다. 심지어 갚지 않아도 된다고 말하는 분들도 계셨다.

그렇게 1년 치의 학비가 모아졌다. 입학 전날, 할머니는 내게 L을 배웅해 주라고 말씀하셨다.

그날, L은 무척이나 들떠 보였다. 대학 입학을 앞두고 있으니 당연했다.

그가 말했다. 자리를 잡는 즉시 아르바이트 자리를 구할 거라고. 열심히 공부해서 무사히 졸업하고 돌아올 거라고. 그러면 2년 안에 모든 빚을 갚은 후 집을 사서 부모님과 동생을 보살피며 살고 싶다고.

나는 고개를 끄덕였지만 속으로는 힘들 거라고 생각했다. 이곳이 아무리 저장성 해안가의 작은 시골 마을이라고 해도 서북 지방보다도 집값이 비싼 곳이었다. 10년 동안 필사적으로 모아도 집을 사려면 대출을 받지 않고서는 힘들 정도였다. 하지만 그런 말은 속으로 삼켰다.

L이 대학교에 입학한 후 우리는 자연스레 연락이 뜸해졌다. 유복한 친척 하나가 그의 대학 입학 선물로 핸드폰을 주었다던데, 비싼 전화비 때문에 거의 쓰지 못한다고 했다. 게다가 방학 때마다 꼬박꼬박 일을 하느라 고향에 내려오지 않아, 우리는 좀처럼 만날 수 없었다. 그후 나는 상하이에 있는 대학교에 진학했고, 그렇게 서서히 연락이 끊겨 설에 고향에 내려가 우연히 만나는 정도가 되었다.

한번은 고향에 갔더니 엄마가 호들갑스럽게 말씀하셨다. "L이 지금 엄청나게 잘 나가나보더라. 집도 사고, 차도 사고, 예쁜 여자친구도 생겼다더구나. 며칠 후면 내려와 부모와 그 정신 나간 동생(그 동생이 하도 말썽을 부려 모두들 그 아이를 골칫거리로 여기고 있다)까지 전부 데리고 갈 거래."

나는 그게 대체 어떻게 된 일인지 캐물었으나 엄마도 자세히는 모르신다고 했다.

몇 년 후, 나는 우연한 기회에 L의 여자친구를 만나게 되었다. 그때는 이미 여자친구가 아니라 아내가 된 후였다. 그녀는 L 대신 처리할 일이 있어 왔다고 했다. 그날 처음 만난 그녀가 마치 옛 친구처럼 느껴졌던 나는 L의 근황을 물었다.

L의 어릴 적 동네 친구를 만났다는 생각에 그녀 역시 즐거워하며 그동안 L이 어떻게 지냈는지 말해주었다.

이 세상에 막다른 길이란 없다.
노력하는 자는 가시덤불을 건너
상처투성이일지라도
앞으로 나아가는 법이다.

막 대학교에 입학했을 무렵, L은 반에서 가장 가난한 학생이었다고 한다. 그래서 틈만 나면 아르바이트 자리를 찾아 다녔다. 그는 자신의 가정 형편을 숨기지도, 그렇다고 자신의 불행을 과장하지도 않았다. 그저 묵묵히 해야 할 일을 할 뿐이었다. 과외부터 시작해서 카드 판촉, 옷가게, 여행 가이드까지, 그는 돈을 벌 수 있는 일이라면 닥치는 대로 했다. 그러는 사이 유쾌한 일도 물론 많았지만 온갖 멸시를 당하는 일도 적지 않았다. 그렇게 일 년쯤 지나자, 그는 자신의 학비와 생활비를 스스로 충당할 수 있게 되었다. 뿐만 아니라 매년 고향에 계신 부모님께 몇천 위안씩 드릴 수도 있었다.

하지만 L은 거기에서 그치지 않았다. 그는 가족들의 형편이 얼마나 어려운지 잘 알고 있었다. 그때부터 그는 몇몇의 친구들과 함께 소프트웨어를 개발하기 시작했다. 운이 좋게도, 첫 번째 소프트웨어가 30만 달러에 성공적으로 거래되었다. 처음으로 생긴 거금으로 L의 생활은 조금씩 나아지기 시작했다. 하지만 안심하긴 아직 일렀다. 그는 곧장 새로운 작업에 착수했다. 그렇게 매일 밤낮으로 기획서를 작성해 비가 오나 바람이 부나 선배들과 고객들을 찾아다녔다. 그때의 고생은 이루 말할 수 없을 정도였다.

바로 그 시기에 그녀와 L은 처음 만났다. 하지만 L은 그녀를 받아들이지 않았다고 한다. 자신의 조건이 얼마나 비루한지 알기에 차마 그녀를 끌어들일 수 없었던 것이다. 장애를 가진 부모와 남동생을 평생 보살펴야 하는 자신의 처지에, 어찌 사랑이란 이름만으로 한 여자의 인생을 붙잡겠는가. 하지만 여자의 마음은 확고했다. 남동생의 상태를

포기하지 말자 인생이 아름다워진다

알게 된 그녀는 자료를 찾아 읽어 보고, 의사에게 문의해 보는 등 남동생의 장애에 대해 자세히 알아보았다. 그 결과 완치는 불가능해도 개선의 여지는 충분하다는 사실을 알게 되었다. 덕분에 현재 L의 동생은 비장애인만큼은 아니어도 아주 기본적인 일상생활은 혼자서도 무리 없이 할 수 있게 되었으며, 이해력도 매우 좋아져 단순 업무 정도는 거뜬히 처리할 수 있을 정도가 되었다. 동생은 그녀만 보면 '형수님'이라 부르며 곧잘 따랐다고 한다.

그런 그녀의 모습에 L은 당장 마음을 받아주지는 않았지만 그렇다고 예전처럼 밀어내지도 않았다. 그저 하던 대로 자신의 일만 묵묵히 할 뿐이었다. 그러다 친구와 함께 새로운 회사를 설립한 그 날, 그는 그녀에게 프로포즈를 했다. "더 일찍 말하지 못한 건, 내가 당신을 행복하게 해주지 못할까 봐 두려워서야. 하지만 지금 당장 말하지 않으면, 행복을 평생 놓칠까 봐 두려워."라고 말하며.

그녀의 이야기를 들으며 내 눈에는 어느새 눈물이 고였다. 그 둘은 서로에게 천생연분이었다.

그녀가 내게 물었다. "제가 그의 어떤 부분을 가장 좋아하는지 아세요?" 나는 웃으며 고개를 저었다. 그녀는 눈빛을 반짝이며 말했다. "그토록 힘들게 살아오면서도 그는 조금도 비뚤어지지 않았어요. 그 누구도 원망하지 않고, 그늘진 구석도 없죠. 그저 스스로의 노력만으로 모든 상황을 변화시킨 거예요. 가난하다고 주눅 들지도 않고, 힘들다고 누군가를 탓한 적도 없어요. 그가 그러더군요. 노력하는 자에게 막다른 길이란 존재하지 않는다고요. 저는 그 말이 참 좋아요."

나는 그녀가 L을 얼마나 아끼는지 고스란히 느낄 수 있었다. 그리고 L에게 일어난 모든 고난이 이제 완전히 끝난 것이었으면 하고 바랐다.

누군가 자신은 보통 가정에서 태어나 부모의 재력을 기대하지도 못하고 인맥도 없어서 살기가 힘들다는 말을 할 때마다, 나는 어김없이 L이 생각난다.

L보다 사정이 좋지 않은 사람은 아마도 드물 것이다. 그럼에도 L은 단 한 번도 자신의 부모를 원망한 적이 없다. 심지어 동생이 끼얹은 얼음물 때문에 고열에 시달리다 수능을 망쳤을 때마저도 그는 화 한 번 내지 않았다. 그저 묵묵히 자신에게 주어진 운명을 받아들이고, 최선의 노력으로 그 짓궂은 운명에 대항했을 뿐이다. 그렇게 그는 스스로의 삶을 바꾸고 운명을 바꿨다.

이 세상에 막다른 길이란 없다. 노력하는 자는 가시덤불을 건너 상처투성이일지라도 앞으로 나아가는 법이다. 그 순간만 지나면, 바로 앞에 탄탄대로가 펼쳐짐을 알고 있기 때문이다. 하지만 대부분의 사람들은 눈앞에 가시덤불이 보이면 곧장 걸음을 멈추고 막다른 길에 다다른 것이라 생각해 버린다.

하지만 포기하지 않는 사람에게는, 막다른 길이란 존재하지 않는다.

포기하지 말자 인생이 아름다워진다

실패 없는 성공과
영원한 안정이라는 환상

자오샤오리

나는 모든 일에 120퍼센트의 힘을 쏟아 최선을 다했다.
나에게는 타고난 재능이 없다는 것을 잘 알고 있기 때문이다.
뼈저린 생존의 고통을 겪은 후 알게 되었다.
특출한 재능이 있다는 것은 그야말로
극소수의 사람에게만 주어지는 천운인 것이다.

◇

대학을 졸업할 때 즈음, 내 앞에는 양 갈래 길이 놓여 있었다. 하나는
아버지가 정해두신 회사에 입사하는 것, 또 하나는 내가 가진 졸업증
과 회계자격증만 가지고 취업 전선에 뛰어드는 것이었다.

나는 두 번째 길을 선택했다.

취업 상담을 거쳐 나는 다행히도 어느 군수 공장에 자리를 얻을 수
있었다. 월급은 말도 못할 정도로 훌륭했다.

그 길은 그야말로 탄탄대로였다.

나는 머리를 염색하고, 명품 옷을 사들이고, 화장과 네일 아트를 하고는 어엿한 'office lady'의 모습을 갖추었다. 그리고는 그 넓디넓은 사무실에서 커피를 마시며 동료들과 수다를 떨었다.

두 달 후, 상사가 나를 자신의 사무실로 불러 말했다. "이런 말을 전하게 되어 미안하지만, 내가 봤을 때 당신에게는 이런 조직 생활보단 공무원이 더 어울리겠어요."

다음날, 언제나처럼 6시 반에 울리는 알람이 나를 깨웠다. 나는 침대에 누워 회사에서 해고되었다는 사실을 곱씹었다. 이는 내가 사회에서 맞닥뜨린 첫 번째 좌절이었다. 나는 너무도 절망한 나머지 내 자신에게 회의를 품었다.

아버지는 버럭 화를 내시며 말했다. "그러게 내 말을 들으라니까. 능력도 없으면서 내 제안을 거절하더니 직장에서 잘리기나 하고. 내가 창피해서 얼굴을 들고 다닐 수가 없다!"

그렇게 부모님과의 관계가 틀어진 나는 종일 들리는 그 한숨 소리를 피해 다급히 일자리를 찾았다.

◇◇

내가 새로운 직장을 찾으려 했을 때는 이미 취업 시즌이 한참 지난 후였다.

대학교 때 기숙사 룸메이트였던 H는 은행에 취업했다. 나와 매일 붙어 다니던 F는 광저우에 있는 유명 대기업에 입사했고, 경제학과를

집념과 특기, 그리고 끈기만이
평범한 인생을 성공으로 이끄는
확실한 비결이다.

졸업한 W는 석유 회사에 들어갔다.

나는 이곳저곳에 이력서를 뿌렸지만 모두 감감무소식이었다.

그제야 나는 내 앞날이 탄탄대로만은 아님을 깨닫게 되었다.

그러다 드디어 냉장고 공장으로부터 합격했다는 연락을 받았다. 대신 현장에서 최소한 3개월의 인턴 기간을 거쳐야 한다는 조건이었다. 정식 채용은 실습 기간에 하는 것을 보고 결정하겠다면서 말이다.

나는 하겠다고 대답했다.

그게 무엇이든 집에서 부모님의 잔소리를 듣는 것보다야 훨씬 나을 테니까.

◇◇◇

성수기에는 단 하루의 휴일도 없이 몇 개월씩 일을 했다.

그땐 그렇게라도 버틸 수밖에 없었다.

박봉을 받으며 1년여를 버틴 후 나는 냉장고 공장에서 포장 공장으로 직장을 옮겼다. 하지만 월급은 여전히 1200위안이었다.

나는 집에서 독립해 직장 근처에 방을 얻었다.

그때부터 돈이 들어가지 않는 곳이 없었다. 월세에 전기세, 수도세, 먹고 입고 화장하는 것까지…. 매달 쪼들리는 생활의 연속이었다. 한 번은 다른 지역에서 일하는 친구가 출장길에 내가 있는 허페이 시를 지난다며 만나자고 했는데, 주머니 사정 때문에 핑계를 대고 거절한 적도 있었다.

나는 처음으로 내 생활이 얼마나 궁핍한지 절감했다. 그래서 부업을

포기하지 말자 인생이 아름다워진다

통해 수입을 좀 얻어 보기로 결심했다.

나는 노점상을 열었다.

◇ ◇ ◇ ◇

어느 주말, 나는 200위안을 들고 도매 시장에 가서 머리핀을 한아름 사와서는 친한 친구와 함께 어느 아파트 단지 입구에 자리를 잡았다.

금세 꼬마 남자아이 하나가 다가왔다. 보아하니 자신의 여자친구에게 선물을 하고 싶어 하는 듯했다. 5위안짜리 두 개 사이에서 좀처럼 결정을 내리지 못하는 모습이 보통 우유부단한 게 아니었다. 다행히도 나와 함께 있던 친구는 참을성이 꽤나 좋았다. 장장 30분을 넘게 말상 대를 해주더니 드디어 물건을 파는 데 성공했다.

그 순간 나는 돈 버는 게 얼마나 어려운 일인지 새삼 체감했다.

막 첫 물건을 팔고 나자 이번에는 아주머니 한 명이 다가왔다. 하지만 몇 마디 꺼내기도 전에 주변 노점상들이 황급히 자리를 정리하는 것이었다. 무슨 일인지 물어보자 도망가던 누군가가 간신히 대답해주었다. 단속반이 떴다고.

한참 있다가 어느 돈 많은 손님이 와서 가판대 위에 있는 머리핀을 전부 사 가 버렸다. 그 돈 많은 손님이란 바로 우리 회사 마케팅 부서의 부장님이었다.

그렇게 나의 부업 소식은 회사 전체에 소문이 나 버렸다.

내가 몸담고 있던 우리 부서의 부장님은 소문을 듣고 얼굴이 새파랗게 질려 나를 불렀다. "정말 몇백 위안 벌자고 부업을 했어? 그 시간에 업무 능력 키울 생각은 못할망정. 그래, 길거리에서 노점상 해 보니 어떻든?"

정말이지, 쉽게 사는 사람은 없어 보였다.

◇ ◇ ◇ ◇ ◇

집 앞에는 8년째 같은 자리에서 바오즈밀가루 반죽 속에 고기나 야채 소를 넣어 찐 음식 - 옮긴이를 파는 가게가 있다. 매일 아침 6시면 문을 열어 저녁 9시 반에 문을 닫는다. 시장 뒷골목에서 6년째 량피중국 산시陝西성의 유명한 전통 음식으로, 밀가루풀로 만든 면에 각종 야채와 소스를 넣어 차게 비벼 먹는 것 - 옮긴이와 쌀국수를 파는 사장님은 매년 5월에서 10월까지는 쉬는 날도 없이 가게에 나오신다. 사장님이 직접 끓이는 국물 맛이 기가 막혀, 그 앞에는 늘 줄이 길게 늘어서 있다. 골목 안에 자리한 충칭 소면 가게는 올해로 10년쯤 되었는데, 매일 밤 10시가 넘어서야 문을 닫는다.

이렇듯 한 분야에 대한 집념과 자신만의 특기, 그리고 끈기만이 평범한 인생을 성공으로 이끄는 확실한 비결이다.

그렇게 생각하자 직장생활을 하는 것도, 노점을 펼친 것도, 사회생활에서 생기는 그 어떤 어려움이나 피곤함도 더 이상 우울하게 느껴지지 않았다.

나는 모든 일에 120퍼센트의 노력을 쏟아 부었다. 타고난 재능 같은 건 없다는 것을 스스로도 잘 알고 있었기 때문이다. 뼈저린 생존의 고통을 겪은 후 알게 되었다. 특출한 재능이 있다는 것은 그야말로 극소수의 사람에게만 주어지는 천운인 것이다.

포기하지 말자 인생이 아름다워진다

그 후 좋은 기회를 통해 한 전자회사의 재무 책임자로 자리를 옮기게 되었고, 그 때부터 경제 상황이 조금씩 나아지기 시작했다.

◇◇◇◇◇◇

나는 종종 옛날 일을 떠올리곤 한다.

처음 취직을 고려할 때 내 앞에 펼쳐진 양 갈래 길 중에 어느 것이 맞는 길이고 어느 것이 틀린 길이었는지는 알 수 없다. 가끔은 당시 아버지의 말을 들었다면 지금의 나는 어떤 모습일까 궁금해질 때도 있다.

나의 친구 중 한 명은 관세청에서 일하는 공무원이다. 매일같이 복잡한 업무와 얽히고설킨 인간관계 때문에 골머리를 앓는다. 언젠가 한 번은 은행에 다니는 친구를 찾아간 적이 있다. 그녀는 월급이 삭감되는 바람에 재무팀에서 사업팀으로 자리를 옮겼다고 했다. 사람들 눈에는 매우 안정적인 생활을 하는 것으로 비치지만, 스스로는 누구보다 잘 알고 있었다. 만약 이 자리마저 잃게 되면 더 이상 발붙일 곳이 없다는 것을. 국세청에 다니는 또 다른 친구는 최근 하소연이 늘었다. 영업세가 부가가치세로 전환되는 세금 개혁안이 발표되면서 직원들마저 우왕좌왕하게 된 것이다. 심지어 상사들마저도 바뀐 제도에 대해 확실히 알고 있는 사람이 드물었다.

이렇듯, 우리는 모두 다른 길을 가고 있다. 누군가의 길은 순탄한 반면 그렇지 못한 길도 분명 있을 것이다.

조금의 희망도 보이지 않는 길고 깊은 밤이면, 부모님이나 심지어 자신의 선택에 회의를 품고, 심지어 자신의 노력을 의심할지도 모른다.
하지만 그것이 스스로 선택한 길이 맞다면, 조금만 더 버텨 보자.

자기 자신에게마저 엄청난 스트레스를 받곤 한다. 그래서 스스로의 선택에 회의를 품고, 심지어 지금까지의 노력을 의심할지도 모른다. 하지만 그것이 스스로 선택한 길이 맞다면, 조금만 더 버텨 보자.

만약 시간을 되돌려 내 앞에 양 갈래 선택의 길이 놓여 있던 그 순간으로 돌아간다 해도 나는 여전히 지금의 길을 선택할 것이다.

어쩌면 이 세상에 최고의 선택이란 존재하지 않는지도 모른다. 그저 내 마음이 이끄는 대로 선택을 내리고 나면, 그 다음부터는 인생 속에 뻗어 있는 이 길을 헤쳐 나가면서 그 선택을 증명하기 위해 최선을 다하는 수밖에 없는 것이다.

포기하지 말자 인생이 아름다워진다

똑같지 않아도
괜찮아

무무

내 모습 그대로를 지켜내는 것,
누가 뭐라 해도 그것은 결코 나약함이 아니다.

샤오이가 위로가 필요하다며 전화를 걸어왔다.

직장에 들어간 지 1년이 채 되지 않은 그녀는 회식 자리에서 도망쳐 나오는 길이라고 했다. 이번에 그녀의 기획안이 채택되어 동기들이 축하주를 강권한 것이 이유였다. 아무리 거절해도 통하지 않자 그녀가 눈물을 터트린 탓에 분위기가 싸해져 버렸다. 그 후 곧장 화장실로 달려가 마음을 가라앉힌 그녀는 겨우 자리를 뜰 수 있었다.

샤오이가 물었다. 내가 너무 약해 빠진 걸까?

난 그렇지 않다고 말했다.

샤오이와 나는 세계원예박람회의 자원봉사자 팀에서 처음 만났다. 당시 그녀는 대학교에 갓 입학한 신입생이었다. 고향을 떠나 타지의 대학교에 진학한 그녀는 학교에서 모집한 자원봉사자 활동에 선뜻 지원했다. 샤오이는 유복한 가정에서 자랐지만 몸을 사리거나 조금도 까다롭게 굴지 않았다.

그렇게 우리는 같은 팀에서 일하게 되었다. 내가 본 샤오이는 늘 가만히 웃는 얼굴을 하고 있는 얌전한 아이였다. 또한 일할 때는 근면성실하고 똑똑하며 책임감이 있었다.

우리는 아침 7시에 박람회 현장에 나와 오후 4시까지 함께 일을 했다. 대부분의 시간을 앉지도 못한 채 길을 안내했다. 특히 오후만 되면 햇빛에 온몸이 타들어가는 것만 같았다. 자외선 차단제를 아무리 두껍게 발라도 며칠만 지나면 피부가 그을렸다. 장마 기간에는 비닐 우비를 뒤집어쓰고도 매번 온몸이 흠뻑 젖었지만 어김없이 야외에서 일을 해야 했다. 그렇게 악조건 속에서도 언제나 꼿꼿이 자리를 지키던 샤오이였다. 불평 한 마디 하거나 엄살 한 번 부리지 않은 채, 게으름 부린 적도 대충 한 적도 없었다.

3학년이 되면서 샤오이는 영어 시험을 준비하기 시작했다. 졸업 후 영국의 대학원에 진학하기 위함이었다. 그리고 졸업 1년 후, 그녀는 정말 학위를 받아 돌아왔다. 홀로 이국땅에서 공부한다는 게 얼마나 마음을 굳게 먹어야 하는 일인지 유학 경험이 있는 사람이라면 모두 알 것이다.

포기하지 말자 인생이 아름다워진다

그렇게 직장에 들어간 샤오이는 노력과 실력으로 직장 상사와 동료들의 인정을 받은 덕에 중요한 임무를 맡게 되었다.

하지만 샤오이에게는 타국 땅에서 외로움과 싸운 수많은 날들이나 회사에서 겪는 야근과 피로보다, '부득이'한 술자리가 훨씬 견디기 어려웠던 것이다.

그녀는 모임을 썩 좋아하지 않았다. 동창들끼리 밥 먹는 자리도, 회사 업무를 마치고 가지는 회식 자리도. 그런 술잔이 오가는 떠들썩한 분위기가 그녀는 못내 불편하다고 했다. 그래서 매번 마치 일하러 가는 기분으로 참석해 앉아 있다가 금세 자리를 뜨곤 했다. 그리고 다른 사람들과 다른 그런 자신의 모습에 대해 그녀는 자신이 나약한 탓이라 생각하는 것 같았다.

그러나 그것은 결코 사실이 아니다.

우리는 자신이 다른 사람들과 완전히 같지 않다는 사실을 받아들일 필요가 있다. 사람은 누구나 자신만의 장점과 단점, 생활 방식과 가치관을 가지고 있으며, 저마다 어울리는 생활 방식도 다르다. 다른 사람의 기준으로 나를 판단하거나 흥미도 소질도 없는 일을 하며 '표준'진영에 속한다 한들, 혹여 그래서 당장 소득이 아무리 높다 한들, 종국에는 행복에서 한참 멀어져 있을 것이다.

가장 좋은 방식은 타인에게 피해를 끼치지 않는 범위 내에서 스스로를 제어하고 타인도 납득할 수 있는 방식으로 '자신이 즐길 수 있는 생활 방식'을 선택하는 것이다.

자신이 즐길 수 있는 생활 방식이란, 한 가지 형태로만 존재하지 않는다. 많은 사람들과 웃고 떠드는 것이 좋은 사람은 떠들썩한 술자리가 즐거울 것이다. 반면, 한적한 곳에서 홀로 시간을 보내는 것이 자신에게 맞는다면 그것 또한 하나의 즐거움일 수 있다.

샤오이와 마찬가지로 누구나 견디기 힘든 상황이 하나쯤은 있을 것이다. 나는 7명 이상이 모인 자리에만 가면 몸이 굳는다. 과도한 친밀함이 내심 편하지 않다. 과장해서 치켜세우는 인사가 오가는 자리에서는 침묵을 지키고 있다가, 입을 여는 순간 좌중을 얼어붙게 만드는 재주도 있다. 나는 친하지 않은 사람들과 어울리는 자리에서는 서로를 존중하며 공적인 이야기만 하고, 회사 사무실에서 일어나는 사적인 일과 관련된 이야기에는 관심을 두지 않는 편이다.

누군가는 이런 내 모습을 보고 사회성이 없다고 말하기도 한다. 그래서 나는 다른 방법으로 사회성을 표현하려 노력한다.

나에게는 원만한 대인관계를 유지하는 것보다 내면의 즐거움을 찾고 능력을 향상시키는 것이 더 중요하다. 나는 반듯하게 각진 껍데기 속에 옥처럼 매끈한 내면을 가지고 있다. 일을 할 때는 책임감을 가지고 최선을 다하며, 직장 사람들에게는 정도를 지키는 선에서 성실하게 대하는 것이 내가 효율적이면서 즐겁게 일할 수 있는 방식이다. 이 얼마나 간단하고 단순한가.

한때는 조금 변해야 하나 고민한 적도 있었다. 그럴 수만 있다면 확실히 직장 생활을 하는 데 있어서 지금보다 훨씬 손쉽게 여러 가지 이득을 볼 수 있을 터였다. 하지만 그렇게 변한 나는 더 이상 내가 아니다. 늘 어딘가 맞지 않는다고 생각할 테고, 항상 불안할 것이다.

포기하지 말자 인생이 아름다워진다

이대로의 나는 어쩌면 불리할지도 모른다는 사실도 알고 있다. 하지만 시간이 흐르며 깨닫게 되었다. 그 '불리함'이란 그다지 대단치도 않다는 사실을. 원만한 대인관계보다 종합적인 능력, 작업 태도 그리고 자신의 가치를 높이는 것이 내 영향력을 높일 수 있는 올바른 방법이다.

직장에서의 '사회성'이란, 그 의미가 매우 협소하다. 협소하다 못해 부족해 보일 지경이다. 그것에 스스로 만족한다면 괜찮지만, 만약 만족한 척하는 거라면, 그래서 정성들여 다른 사람의 즐거움만을 위해 시간을 낭비하고 자신을 혹사시키는 거라면, 당장 그 짐을 벗어던지고 한결 가벼워진 자기 자신의 모습으로 더 멀리, 더 높이 길을 나서는 것이 좋다.

사적 관계에 얽매이지 않는 사람은 중요한 결정에 앞서 공과 사, 일의 중과를 구분하지 못할 법이 결코 없다. 흔히 사회성을 중시하는 사람들이 말하는 '쓸모 있는 것보다 재미있는 것이 더 중요하다'는 말은 틀린 것일 수도 있다. '재미'에 의존해 조직 내에서 살아남으려 하는 사람보다 '쓸모'를 중시하는 사람의 앞날이 더 창창할 것이다. '쓸모'를 기본으로 하되 '재미'까지 추구한다면, 그때의 재미는 창창한 앞날에 뿌려진 꽃과 같을 수 있겠지만 말이다. 하지만 주객이 전도된다면 이야기는 달라진다. 광고가 아무리 재미있다 한들 그 뒤에 시작하는 드라마에는 아무런 영향을 끼치지 못하는 것처럼 말이다.

누군가는 처세술이 뛰어나고, 누군가는 표현에 서투르다. 온화하고 정적인 사람이 있는 반면 불같이 화끈하며 동적인 사람도 있다. 이는 모두 개개인이 가진 특징일 뿐 모두가 같을 필요는 없다. 자신의 '가치관'을 사회생활의 기본으로 삼는 것이 중요한 것이다.

성격이 내성적인지 외향적인지, 차분한지 활발한지, 눈치가 빠른지 굼뜬지는 나약한 것과 아무런 관련이 없다. 이는 틀린 것이 아니라 다른 것뿐이다.

이런 이야기를 샤오이에게 해주자, 그녀는 한결 마음을 놓는 듯했다.

우리의 삶도 마찬가지이다. 민낯인지 화장을 했는지, 바지를 즐겨 입는지 아니면 치마를 즐겨 입는지와 같은 문제들도 틀린 것이 아니라 다름의 문제일 뿐이다. 예의라는 둥의 핑계로 깔끔한 민낯을 좋아하는 사람에게 짙은 화장을 강요할 필요도 없으며, 완벽한 화장이 아니면 집밖으로 나오지 않는 사람을 두고 겉멋이 들었다며 멋대로 판단해서도 안 된다. 자신의 나이에 맞는 선에서 자신이 원하는 방식으로 꾸미는 것이 내가 만족할 수 있는 길이라면 누가 뭐라 해도 그것이 바로 아름다움인 것이다.

마찬가지로, 누군가와 사랑에 빠질 때 상대방이 무슨 직업을 가졌는지, 어느 동네에 살고 있는지 따위는 조금도 중요치 않다. 누가 뭐라고 하든지 그것은 타인의 생각일 뿐이다. '알맹이'만 괜찮다면 껍데기는 누가 뭐래도 당신이 사랑하는 그 모습 그대로가 가장 좋은 모습이다.

한때 나는 이런 융통성 없는 성격을 어떻게 하면 고칠 수 있는지 고민에 빠진 적이 있다. 또한 과도하게 친밀함을 표하는 사람들을 멀리하는 내 성격을 어떻게든 감춰 보려고 노력한 적도 있다. 사람들이 일반적으로 생각하는 표준형 인간의 모습을 갖추기 위해서 말이다. 하지

포기하지 말자 인생이 아름다워진다

만 '모범 답안'이라고 확신했던 일을 하려 할수록 자꾸만 엉뚱한 선택을 하게 되었다.

이를테면 번듯한 직장을 그만두고 학교에 돌아가 공부를 다시 시작한다든가, 더 없이 잘 맞았던 연인과 헤어진다든가, 더 이상 사람들에게 예의바르게 대하지 않는다든가 하는 식으로.

이렇듯 전혀 표준적이지 않아 보이는 선택들 때문에 나는 종종 더욱 멀고 고독한 길에 홀로 서 있는 느낌을 받곤 했다. 하지만 앞으로 펼쳐질 길이 잘 닦인 포장도로인지 질퍽한 진흙길인지 알 수 없는 것은 나나 표준이라고 불리우는 사람이나 마찬가지였다.

그럴 바에는 스스로 원하는 길을 선택해 가기로 했다. 설령 더 큰 책임이 따르더라도 불평이나 원망은 없을 것이다. 원치 않는 방향으로 억지로 힘을 내서 나아가지 않아도 되니까. 그렇게 생각하자 어쩐지 안심이 되었다.

자신과 타인의 차이점을 인정하고 받아들이자. 동일한 잣대를 들이밀며 모두를 똑같은 사람처럼 생각할 필요도 없고 그래서도 안 된다. 각자 나름의 사회 가치를 창조하고, 자신의 인생을 꾸려나가며, 화목하게 어울리는 것이 모두가 빛날 수 있는 방법이다.

집에서 조용히 책을 읽고 글을 쓰는 왕한방송 진행자, 제작자 - 옮긴이과 인터넷에 엉뚱한 글을 올리기 좋아하는 류예영화배우 - 옮긴이는 모두 자신의 방식을 즐기고 있다. 직설적인 화법을 구사하는 가오샤오쑹과 거듭 생각한 후 천천히 입을 여는 차이캉융가오샤오쑹과 차이캉융은 공개적으로 설전을 벌인 적 있는 유명 방송인이다 - 옮긴이 역시 어느 한쪽만 옳다고 할 수 없

'다름'을 받아들이고,
내면의 소리에 귀 기울이며,
즐겁고 활기차게 사는 것,
그것이 바로 가장 위대한 용기이다.

다. 세상은 이런 다름으로 인해 풍요롭고 아름다워진다.

그러니, 자신에게 가장 알맞은 생활 방식을 고수하는 것을 결코 나약한 것이라 할 수는 없다.

개개인의 적응력은 천차만별이므로 나와 맞지 않는 상황에 억지로 맞추려고만 하다 보면 결국에는 진정한 자기 자신과 멀어지기 마련이다. '다름'을 받아들이고, 내면의 소리에 귀 기울이며, 즐겁고 활기차게 사는 것, 그것이 바로 가장 위대한 용기이다.

영화 〈파계The Nun's Story〉에서 오드리 햅번이 연기한 여주인공 가브리엘은 유명한 의사의 딸이다. 그녀는 종교적 이유로 스스로 약혼자를 떠나 수녀원에 들어가 수녀가 된다. 하지만 단아한 수녀복 속에 늘 뜨거운 열정을 품고 있던 가브리엘은 우여곡절 끝에 속세로 돌아와 자신에게 더욱 맞는 길을 찾는다.

영화는 도입 부분의 약혼 반지를 빼는 장면과 호응해, 마지막 장면에서는 가브리엘이 수녀 반지를 빼는 모습을 보여준다. 그녀는 수녀복을 하나씩 벗어 놓고 자신의 옷으로 갈아입은 후 떠나는데, 그 뒷모습이 무척이나 감동적이었다.

가브리엘은 깨달은 것이다. 신앙이란 결코 속박과 저항이라는 한 가지 형태로 존재하는 것이 아님을. 신앙은 곧 마음의 평화를 유지하는 일임을. 자기 자신의 본성과 가장 근접한 방식으로 사는 것이야말로 신앙을 가장 존중하는 일임을 말이다.

영화에서 가브리엘이 수녀원에 들어갈 때 아버지에게 다음과 같이 말한다. "절 자랑스럽게 여기실 수 있도록 노력할게요." 그 말에 대한 아버지의 대답이 아주 오랫동안 내 가슴을 울렸다. "딸아, 자랑스러울 필요 없다. 행복하기만 하면 돼."

산다는 것은 확실히 쉽지만은 않은 일이다. 더욱이 즐겁게 산다는 것은 때론 욕심처럼 느껴지기도 한다. 그러니 현재 내면의 즐거움과 편안함을 충족하며 살고 있다 함은 그 무엇도 대신할 수 없는 자랑거리이다.

우리는 누구나 '좋은 사람'이 될 필요가 있다. 하지만 '좋은 사람'이 무조건 즐거움을 희생하거나 자신의 원래 모습을 왜곡할 것을 요구하지 않는다.

삼삼오오 모여 있는 것을 좋아하는 사람이 있는가 하면 혼자 있는 것에 익숙한 사람이 있다. 그것은 어느 쪽이 더 우세하거나 열등하다고 할 수 없다. 그저 자신에게 더 편하게 느껴지는 쪽이 있을 뿐이다. 야심이 흘러넘치는 사람이 있는가 하면 그저 물 흐르는 대로 조용히 사는 사람이 있다. 어느 쪽이 옳다고 말할 수 없다. 그저 자신이 만족하면 그만인 것이다. 대도시를 좋아하는 사람이 있는가 하면 작은 시골에서 살길 원하는 사람도 있다. 상관없다. 본인이 즐거울 수 있는 곳이라면 말이다. 그저 우리는 자신에게 가장 적합한 삶의 형태를 찾아, 그 형태에 근접할 수 있도록 노력하고, 그 형태를 유지하려 노력하면 된다.

그러니, 우리는 남들과 똑같은 형태로 살지 않아도 괜찮다.

통제 가능한 범위 내에서 가장 편안한 방식을 통해 자신이 좋아하는 모습으로 살아가면 그만이다. 남들이 어떻게 보는지는 조금도 중요치 않다. 낯짝이 조금 두꺼워도, 성격에 조금 날이 서 있더라도 괜찮다. 마음속에 인간에 대한 기본적인 온기와 이해 그리고 예의만 갖추고 있다면 어디서든 존중받을 수 있을 테니까.

저마다 다르게 태어난 우리는, 다르게 사는 것이 당연하다

언제 어디서든 출발할 때의
지향점만은 잊지 말기를

아득한 길 위에서 그녀는 곧장 가족이 있는 집으로 향했다.
우리가 떠나온 곳, 그리고 돌아갈 곳 말이다.
그곳이 바로 우리가 가졌던 첫 소망이 있는 곳이니까.

남편의 귀가가 늦던 어느 날이었다. 혼자 저녁 식사를 마친 나는 음악을 좀 듣다가 글을 쓸 생각으로 한창 음악에 빠져 있는데, 그때 하필 핸드폰이 울리기 시작했다.

절친 C의 전화였다. 전화를 받자마자 그녀의 음울한 목소리가 들려왔다. "친구야, 나 방금 엄청난 결정을 내렸어. 너무 우울하다. 지금 나 좀 만나줄래?"

그러고 보니 요즘 그녀의 가족들이 그녀에게 불만이 꽤 많다고 하소연했던 것이 생각났다. 그녀가 일만 하느라 가족들을 돌보지 못한 탓에 결혼 생활에 위기가 찾아온 것이다.

엄청난 결정이란 게 뭘까? 안 좋은 예감이 머리를 스치고 지나갔다. 나는 그녀에게 지금 어디 있냐고 물었다.

그녀가 말했다. "너희 아파트단지 입구야. 너랑 이야기 좀 하고 싶어서."

나는 10분만 기다리라 말한 후, 곧장 옷을 갈아입고 그녀에게 갔다.

운전석에 앉아 있던 C는 얼굴을 핸들에 묻고 있었다. 그 모습이 무척이나 피곤해 보였다. 내가 창문을 두드리자, 그녀가 고개를 들어 나를 바라보았다.

어두운 조명 아래 비친 C의 얼굴은 힘이 하나도 없었다. 여장부 같았던 평소의 모습과는 완전히 달랐다.

나는 그녀와 함께 내가 새벽이나 저녁 무렵 산책하는 오솔길을 걸었다.

"무슨 결정을 했다는 거야?" 나는 참지 못하고 먼저 물었다.

한숨을 쉰 C가 말했다. "상하이와 난징에 있는 회사를 모두 접기로 했어. 몇 년이나 공들여서 이제 겨우 정상 궤도에 들어섰는데…, 너무 아까워."

나 역시 그녀가 거기에 얼마나 심혈을 기울였는지 알고 있었기에 이대로 문을 닫는다는 말에 마음이 아팠다. 그러나 한편으로는 안심이 되기도 했다.

C와 나는 모두 더없이 평범한 가정에서 태어나 아무런 배경도 인맥

포기하지 말자 인생이 아름다워진다

도 없이 그저 끊임없이 노력하며 살아왔다.

대학 시절부터 특출났던 그녀는 졸업 후 수많은 경쟁자들을 제치고 세계 500대 기업 중 한 곳에 당당히 입사했다. 그리고는 최단기간 내에 정규직으로 전환, 승진의 기록까지 세워 회사의 최연소 매니저가 되었다.

C의 탁월한 능력에 그녀의 젊음과 아름다움이 더해져 회사 안팎으로 수많은 남자들이 그녀에게 구애를 해왔다. 하지만 그녀는 오로지 농촌의 가난한 집 출신인 지금의 남편만을 원했다. 이를 이해할 수 없었던 사람들이 아무리 회유해도 그녀의 고집은 꺾일 줄을 몰랐다. 그저 소박하고 충직한 사람과 한 평생 살고 싶다고 하면서.

C는 망설임 없이 그 남자와 결혼했다. 남편은 결혼 후에도 변함없이 그녀를 지극히 아끼고 사랑했다. 두 사람 모두 밑바닥부터 시작해 지금의 지위를 이룬 터라 서로를 이해해주고 아낌없이 응원해주었다. 그렇게 둘은 오늘보다 조금 더 나은 내일을 위해 최선을 다했다.

두 사람 모두 집안의 경제적 도움을 기대할 수 있는 형편이 아닌 데다 결혼을 하면서 적지 않은 돈을 지출한 상태였다. 이에 C는 전보다 더 열심히 일에 매달렸다. 하루 빨리 둘만의 집이며 차를 가지고 싶었다.

하지만 그녀로부터 거절당한 구혼자들이 사방에 널려 있었다. 혹자는 자신을 제치고 그녀와 결혼한 남자가 별 볼 일 없는 조건의 남자인 걸 알고는 아니꼬운지 비협조적으로 나오기도 했다.

업무 환경이 전과 다르게 불편해진 C는 독립의 꿈을 키우기 시작했다. 그녀는 회사의 고객들에게 책임감 있고 열정적인 모습을 보였다. 그런 그녀의 업무 태도를 높이 산 한 고객이 그녀가 독립하고 싶어 하는 것을 알고는, 두말 않고 200만 위안을 빌려주었다. 뿐만 아니라 열정적으로 각종 인맥들을 소개시켜주기도 했다.

그런 고객의 지지에 힘입어 C는 본격적으로 독립을 준비했다. 그녀의 회사 생활이 어려워졌다는 것을 안 남편도 사직에 동의한 상태였다. 때마침 남편도 회사에서 조금씩 성과를 올리고 있던 참이었다.

C는 곧장 사직 후 인테리어 회사를 차렸다. 대학교에서 디자인을 전공한 데다 여성 특유의 인테리어 감각으로 남자보다 더 잘 해낼 거라고 자신하던 그녀였다.

하지만 그녀가 가진 이상에 비해 현실은 초라하기 짝이 없었다. C가 심혈을 기울여 만든 회사가 드디어 문을 열었을 때, 그녀는 자신의 이념을 전하고 최선을 다해 책임지는 모습만 보이면 금세 고객들의 신임을 얻어 의뢰서가 물밀듯 밀려들 거라고 생각했다. 하지만 현실은 회사가 문을 열고 한 달이 지나도록 의뢰는 단 한 건, 그것도 친구가 응원 차 의뢰해준 것뿐이었다.

그 시기, C는 매일 아침 눈을 뜨자마자 초조하고 초췌한 모습으로 그날의 월세, 관리비, 인건비 등 지출 사항을 계산해 보곤 했다.

C는 죽기 살기로 버텼다. 얼굴에 철판을 깔고 사방으로 영업을 뛰었다. 결국 예전 고객 소개로 어느 작은 건물을 원룸 형식으로 바꾸는 리모델링 공사를 담당하게 되었다.

C는 그 의뢰에 모든 것을 쏟아 부었다. 매일같이 현장에 나가 하나

거리에 하나둘 켜진 가로등이
늦은 밤 집으로 돌아가는 사람들을
따스하게 비춰주고 있었다.

부터 열까지 직접 살펴보고 지휘했다. 공사가 마무리될 때쯤, 검사 차 들른 의뢰인이 깜짝 놀랄 정도였다. 의뢰인은 믿을 수 없다는 듯 다른 곳과 비교도 할 수 없을 만큼 좋다고 말했다.

기대 이상의 성과를 보인 그 일 덕분에 C는 또 다른 건물을 소개받을 수 있었다. 그러면서 회사 사정이 점점 나아지기 시작했다. 인테리어 회사는 사람들의 인심을 얻고 입소문이 퍼지는 것이 무척이나 중요한 사업이다. C는 사회생활을 시작한 이후 줄곧 해외 고객들을 대하며 계약 요령이나 시간 관념, 품질이 곧 생명이라는 관념이 뿌리 깊게 박혀 있던 터라 그녀와 한 번 일을 한 의뢰인은 꼭 다시 그녀를 찾았다.

그와 동시에 C의 가정 형편 역시 상당히 개선되었다. 시부모님이 사는 집을 개조해드리는가 하면 친정집을 위해 큰 평수의 분양 주택을 매수하기도 했다. 그녀가 가지고 있던 모든 삶의 목표가 전부 차근차근 실현되었다. 그녀는 남편의 자랑거리이자 아이들의 존경의 대상이었다. 모든 것이 완벽했다. 남편은 그녀의 사업을 적극 지지해주었고, 아이가 속 썩이는 법도 없었다. 그녀는 여자들이 원하는 모든 것을 가진 사람이 되었다.

안정된 생활 덕분에 그녀는 더욱 일에 몰두할 수 있었다.

그녀의 입소문은 점점 퍼져 어느새 주변 도시에서까지 고객들이 찾아오기 시작했다. 의뢰인들이 넘쳐나자, 그녀는 고객이 밀집되어 있는 주변 도시에 분점을 내기로 결정했다.

그렇게 C는 점점 밤낮없이 일만 해야 할 정도로 바빠졌다. 그럴수록

포기하지 말자 인생이 아름다워진다

남편과 아이들과 함께 저녁 식사 한 번 같이 하는 것조차 어려운 일이 되어 버렸다. 그녀가 퇴근하고 오면 남편은 아이를 안고 이미 잠들어 있었고, 남편이 출근하고 아이가 등교하는 아침 시간에는 피곤에 찌들어 일어나지 못했다.

아이의 생일 바로 전날 밤, 그녀는 아이에게 갖고 싶은 물건이 있는지 물었다. 그러자 아이는 천진난만하게 대답했다. "엄마, 난 다른 건 필요 없어요. 그냥 엄마가 나랑 아빠랑 하루 종일 같이 있어주면 안 돼요?"

순간 C는 아이에게 너무도 미안해서 반드시 그러겠노라 약속했다. 하지만 현장에 작은 문제가 생겨 나가봐야만 하는 일이 생겼고, 일을 마치고 들어왔을 때 아이는 이미 잠든 후였다. C의 남편은 그녀에게 아이가 종일 시무룩해 있다가 잠들었다고 말하며, 진지하게 가족을 위한 시간을 조금이라도 낼 수 없냐고 물었다. 생활은 이미 충분히 안정적이었다. 심지어 미국에 노년을 보낼 집까지 장만해놓은 상태였다.

하지만 마침 상하이와 난징에 있는 회사 모두 새로운 공사를 앞두고 있는 상황이기도 했다. 이를 모두 포기할 순 없었다. 그녀는 남편에게 약속했다. 앞으로는 최대한 가족을 위해 시간을 내 보겠다고.

그러나 일단 바빠지기 시작하면 그 모든 약속은 뒷전이 되어 버리기 마련이었다. 그녀는 회사 일에만 몰두해도 하루가 부족했다. 게다가 아무리 늦게까지 일해도 집에는 꼭 들어왔던 예전과 달리, 최근에는 멀리 출장을 떠나는 일까지 많아져 일주일 내내 집을 비우는 일도 다반사였다.

이 때문에 부부 사이도 급속도로 냉랭해졌다. 둘은 며칠씩 얼굴을 볼 수도 없었고 전화통화조차 하지 않았다. 그녀는 이대로라면 분명 큰 문제가 생길 것이라고 생각하면서도 도저히 멈출 수가 없었다. 다행인지 불행인지 이렇게 2년쯤 지나자 두 지점도 안정권에 들어섰다.

하지만 얼마 지나지 않아 그녀의 남편이 그녀에게 매우 직접적으로 쏘아붙였다. "도대체 회사가 더 중요해, 가정이 더 중요해? 이대로라면 이혼하는 게 낫겠어. 나는 부인이 있으나마나고, 아이에겐 엄마가 있으나 없으나 똑같잖아. 도대체 언제까지 아이를 방치할 건데?"

남편은 매우 진지했다. 그는 그녀의 일을 존중하고 그녀를 대신해 아이에게 엄마의 역할까지 대신할 만큼 최선을 다했지만, 시간이 점차 길어지다 보니 이미 한계에 다다른 것이다.

한쪽엔 한창 전성기를 맞이한 사업이, 다른 한쪽엔 남편과 아이가 있었다. 그녀는 그 어느 것도 포기할 수 없었다.

내가 물었다. "그래서, 결정적으로 왜 그런 결정을 내리게 된 거야?"

그녀는 그 무렵 우연히 읽은 이야기를 말해주었다. 한 젊은이가 상하이에서 일자리를 얻어 아내와 아이 곁을 떠나야 할 일이 생겼다고 한다. 가족들은 매우 아쉬워했고 그도 가족을 두고 가는 일이 못내 마음에 걸렸다. 그래서 조언을 해줄 수 있는 나이 지긋한 은사님을 찾아가 어떻게 해야 하는지 물었다. 선생님은 그에게 상하이에서 일하려고 하는 궁극적인 이유가 뭐냐고 물었다. 그는 가족들과 더 나은 생활을 하고 싶어서라고 대답했다. 그러자 선생님이 말했다. 가족들이 원하는

인생이란 마치 쭉 뻗은 길과 같다.
아무리 멀리 떠나와도 지향점을 잊어서는 안 된다.

것은 함께 사는 것인데, 네가 자리를 비우면 무슨 소용이냐고. 그런 상태에서 아무리 많은 돈을 벌어준다 한들 그것이 무슨 의미가 있겠냐고 말이다. 그 말에 큰 깨달음을 얻은 이 젊은이는 상하이의 일자리를 포기하고 가족의 곁에 남아 있는 것을 선택했다는 것이다.

그 이야기를 읽고 그녀는 아주 오랫동안 자신이 창업한 이유에 대해 곱씹어 보았다고 한다. 그녀는 단지 가족들에게 더 나은 환경을 제공해주고 싶을 뿐이었다. 하지만 지금 그녀는 남편과 멀어지고 아이와의 관계 또한 소원해졌다. 이것이 정녕 자신이 바라던 것일까? 회사가 아무리 커진다 한들 함께 즐거워해줄 사람이 더 이상 곁에 없다면, 이 모든 것에 무슨 의미가 있을까?

그래서 그녀는 두 지점을 포기하고, 본점 한곳에만 전력을 다하며 가족들과 함께 하는 삶을 선택한 것이다. 다만 오랜 시간 동안 심혈을 기울였던 곳이니만큼 마음 한구석이 아픈 건 어쩔 수가 없었다.

나는 그녀를 다독이며, 얻는 것이 있으면 반드시 잃는 것도 있다고 위로했다.

우리가 끊임없이 더 나은 자아를 추구하는 것은 본인을 위해서기도 하지만 동시에 곁에 있는 사람들과 함께 좀 더 즐거운 생활을 향유하기 위함이기도 하다. 그러나 자아와 꿈을 실현해가는 길 위에서 우리가 우리에게 가장 중요한 사람을 잃게 된다면, 그래서 마침내 성공을 거머쥔 그 어느 날 내 곁에 아무도 없다는 것을 깨닫게 된다면, 그래서 '고독'이라 부르는 그 견딜 수 없는 쓸쓸한 기분을 느끼게 된다면, 그 동안의 노력은 무의미해지기에 충분하다.

나는 C와 나란히 하고 길을 걸었다. 거리에 하나둘 켜진 가로등이 늦은 밤 집으로 돌아가는 사람들을 따스하게 비춰주고 있었다. 그 아래 우리 둘의 그림자가 기다랗게 늘어졌다. 멀리 보이는 고요한 아파트 단지가 가로등의 모습과 더불어 운치 있게 느껴졌다.

　나는 그녀의 손을 잡고, 가로등 불빛을 가리키며 말했다. "집에서 우릴 기다리고 있는 가족들을 생각해 봐. 만약 우리가 성공했을 때 우리의 손을 잡아주는 사람이 아무도 없다면, 얼마나 가슴이 아플지."

　C는 가만히 고개를 끄덕였다. 우리는 천천히 걸음을 옮겼다. 그 아득한 길 위에서 그녀는 곧장 가족이 있는 집으로 향했다. 우리가 떠나온 곳, 그리고 돌아갈 곳 말이다. 그곳이 바로 우리가 가졌던 첫 소망이 있는 곳이니까.

　인생이란 마치 쭉 뻗은 길과 같다. 아무리 멀리 떠나와도, 출발할 때의 지향점을 잊으면 안 된다.

나는 내 스스로
만들어가는 것

라오처우

묵묵히 일하는 습관이
어느새 나의 심지를 더욱 굳건하게 만들었다.
그리하여 나는 고독과 상처와 이별을 태연하게 마주하고
성공과 축하와 기쁨을 기꺼이 받아들일 수 있게 되었다.

◇

아마도 사람들이 보기에 힘들고 괴롭지 않은 수험생이란 없을 것이다.

더욱이 수험생 자식을 둔 부모는 말할 것도 없다. 부모의 눈에 수험생의 일과란 매일 새벽 6시에 일어나 30분 동안 단어를 외우거나 명상을 하는 것으로 시작한다. 그 후 아침식사를 하고 학교에 가서 오후 5시까지 수업을 듣는다. 부모는 자율학습을 할 자식들을 위해 저녁밥을 가져다준 후 학교 앞에서 기다렸다가 저녁 8시가 되면 함께 집으로 돌아온다. 집에 온 수험생은 뜨끈한 죽이나 우유로 허기를 달랜 후 12시 혹은 그 이후까지 공부를 이어간다.

물론 선생님과 학생이 서로를 생각하는 것은 조금 다를 수도 있다. 선생님 입장에서는 아이들의 노력보다 자신의 수고가 훨씬 대단하다고 생각한다. 학생들 역시 본인의 노력이 너무나 대단하게 느껴지기 때문에 선생님의 수고는 하찮게 여길 수도 있다. 하지만 어쨌든 서로 도움을 주고받는다.

어쨌든 새벽 6시에 시작해 밤 12시에 끝나는 수험생의 하루는 주변 사람들의 주목과 관심을 받으며 엄청난 피곤을 느끼는 것처럼 보인다.

그러나 나의 고3 생활은 이렇게 '행복'하지 않았다.

나는 고3시절과 재수를 할 때 오로지 나 혼자였기 때문이다. 생업에 바쁘신 부모님은 내게 그런 '주목'과 '관심'을 보일 시간이 없으셨다.

매일 아침 부모님은 나보다 먼저 일어나 나가셨다. 난 혼자서 전날 먹고 남은 밥으로 대충 아침 식사를 때웠다. 방과 후 자율학습을 하기 전에 저녁 식사를 컵라면 하나로 때우기 일쑤였고, 집으로 돌아가는 길에는 혼자 자전거를 운전하며 단어를 외웠다. 그렇게 아무도 없는 집에 도착하면 책가방을 내려놓고 곧장 책상 앞에 앉았다.

시험이 코앞으로 닥쳐서야 부모님이 우유 한 상자를 사다 주셨던 것이 기억난다. 그 외의 시간은 전부 나 혼자 보냈다.

선생님들도 내게 별 도움이 되지 못했다. 다시 말해, 선생님들은 날 도와줄 방법이 없었다. 상위권이었던 내 성적에 비해 수업은 중간 성적군의 수준에 맞춰져 있었다. 내게 큰 도움이 되지 않는 것은 어쩌면 당연했다.

그 시절, 그 누구의 보살핌도 받지 못한 내가 의지할 곳이라곤 나 자신의 감정과 의지력뿐이었다.

솔직히 그렇게 혼자서 고군분투하는 편이 괜한 도움을 받지 않아도 되어서 훨씬 효율적이기도 했다.

나는 매일 선생님이 내주신 숙제를 그날 수업시간에 다 끝내 버렸다. 점심에는 30분 동안 식사를 하고, 30분 동안 자습을 한 후, 나머지 30분간 낮잠을 잤다. 월요일부터 금요일까지의 방과 후 자율학습 시간과 집에 돌아간 후의 시간은 철저히 스스로 세운 계획대로 움직였다. 오늘은 이 과목을 공부하고, 내일은 저 과목을 보충하는 식으로 말이다.

나는 스스로의 목표와 원동력이 있었다. 나와 같이 별 볼 일 없는 가정에서 태어난 보통의 아이들이 이 어둠을 헤치고 밝은 미래로 나아갈 수 있는 방법은 가오카오에서 좋은 성적을 얻는 것뿐이라는 사실을 너무나 잘 알고 있었다.

그러다 공교롭게도 나의 가오카오 일정과 부모님의 새 사업 시작 시기가 겹치게 되었다. 나와 부모님은 각자 책임과 사명감을 가지고 완성해야만 하는 일이 생긴 것이다. 사실 이 길고 긴 인생을 살아가는 동안 타인에게 받을 수 있는 도움은 그리 많지 않다. 결국 책임은 자신에게 있는 것이니 반드시 스스로 짊어져야만 한다.

◇◇

대학교에 들어가면 본격적으로 자신만의 인생이 시작된다는 말이 있

포기하지 말자 인생이 아름다워진다

다. 선생님이 가르쳐줄 수 있는 것은 많지 않으며, 학생 역시 책만 봐서는 배울 수 있는 것이 많지 않다는 뜻이다.

하지만 그 말의 의미를 진정으로 이해하지 못하는 경우 또한 매우 많다. 그래서 4년간의 대학 생활을 우리는 너무도 쉽게 낭비해 버리곤 한다. 남자는 각종 온라인 게임, 여자는 식도락과 만화책, 영화 등과 같이 우리를 유혹하는 각종 물건들을 차마 뿌리치지 못하는 것이다. 그것들은 결국 우리의 앞길에 끊임없이 튀어나오는 장애물과 함정이 된다.

그렇게 목표가 없는 사람들이 함정에 빠져 허우적대는 동안, 나아갈 방향을 아는 사람들은 점점 더 먼 곳으로 가게 된다.

나의 선배 중에는 '우형'이라고 불리는 사람이 하나 있다. '우주의 형'이라는 뜻으로, 그만큼 다방면에 재능이 많아 붙은 별명이다.

그의 재능은 학점이나 영어 점수처럼 취업에 필요하다고 공식화된 것들이 결코 아니었다. 그는 다방면에 많은 관심을 갖고 각 분야마다 해박했다. 천문지리에 대한 가벼운 대화를 나눠도 막힘이 없었고, 인생살이의 고단함에 대한 이야기를 나눠 봐도 철학적이었다. 특히 교내에서 친구들의 컴퓨터에 문제가 생기면 곧장 해결해주기도 했다. 그렇다. 내가 대학을 다니던 시절에는 컴퓨터에 해박하면 친구들 사이에서도 인기가 높았다.

내가 막 대학교에 입학했을 무렵, 지금의 '인인망人人網, 실명으로 운영되는 중국의 SNS - 옮긴이'의 시초인 '교내망校內網'을 시작으로 인터넷에 각종 SNS 사이트가 범람하기 시작했다. 그것은 곧 남의 사생활을 훔쳐보고

이 길고 긴 인생을 살아가는 동안
타인에게 받을 수 있는 도움은
사실 그리 많지 않다.
결국 책임은 자신에게 있는 것이니
반드시 스스로 짊어져야만 한다.

싶은 욕구, 새로운 문물에 대한 호기심, 그리고 한시도 가만히 있지 못하는 젊은 날의 불안을 자극해 너도나도 컴퓨터를 장만했다.

그렇게 장만한 컴퓨터로 남자들은 온라인 게임을 하며 여자들을 꼬드기기에 바빴고, 여자들은 영화를 보며 남자주인공에 푹 빠져 지냈다. 그래서 컴퓨터를 잘 다룰 줄 아는 사람은 모두의 환영을 받는 게 당연했다.

우형이 컴퓨터를 배우기 시작한 동기에 대해서는 의견이 분분하다. 누군가는 웹상의 중요한 정보를 누구보다 빠르게 낚아채기 위함이라 말하고, 다른 누군가는 컴퓨터 조립 및 보수를 통해 부수입을 올리기 위함이라 말하기도 했다.

이유야 어쨌든 기본 소프트웨어의 응용과 하드웨어 보수를 비롯해 C, C++, 자바 프로그램에 대한 해박한 지식까지 섭렵해가며, 그의 실력은 점점 좋아져 감히 넘볼 수 없는 경지에 이르렀다.

그런데 이 모든 지식은 학교에서 공식적으로 가르쳐준 것이 아니다. 학교에서 필수로 들어야 하는 컴퓨터 수업이라곤 '컴퓨터 응용 기초'라는 수업뿐이었다. 그 밖의 지식과 능력은 여가 시간을 이용해 그가 혼자 공부해 축적해온 것이었다.

다른 사람들이 아침 9시까지 침대에 누워 있을 때, 그는 6시면 일어나 컴퓨터 앞에 앉았다. 가끔은 아예 잠을 자지 않는 경우도 있었다. 다른 사람들이 방과 후 모임을 갖거나 수다를 떨 때, 그는 묵묵히 도서관에서 책을 보거나 컴퓨터실에 처박혀 있었다. 그 결과, 다른 사람들은 컴퓨터에 문제가 생기면 자료를 찾아보기도 전에 그를 부르게 된 반면, 그는 다른 사람들의 컴퓨터 앞에서 자신이 그동안 연마한 지식을 노련하게 펼칠 수 있었다.

하버드에는 유명한 이론이 하나 있다고 한다. 사람들은 모두 여가 시간의 활용법에 차이를 보이는데, 매일 밤 8시에서 10시 사이의 시간을 어떻게 활용하느냐에 따라 한 사람의 운명이 결정된다는 것이다. 매일 그 두 시간을 독서, 자기계발, 사고활동 혹은 의미 있는 강연을 듣는 데 사용한다면 인생의 변화를 느낄 수 있다. 더불어 그런 식으로 수년간 지속한다면 성공이 제 발로 당신을 찾아올 것이다.

보통은 심심하고 외로운 여가 시간에 음악을 듣거나 맛있는 것을 먹는 것으로 무의미하게 흘려보낸다. 하지만 몇 년 후 이를 후회하며 가정환경이나 친구들을 원망하는 일이 생기기도 한다. '내가 왜 이렇게 힘들게 살아야 해?' 하면서 말이다. 어쩌면 한평생 이해하지 못할 수도 있다. 자기 자신을 이기지 못한 결과일 뿐이라는 것을.

우형의 남다른 의지는 그가 가진 배경이나 선생님의 도움 같은 것들과는 아무런 상관이 없었다. 그저 매일 약간의 시간을 투자해 홀로 한 걸음씩 묵묵히 전진했을 뿐이다. 그렇게 그는 훌륭한 마라톤을 완주한 것이다.

내가 쓴 여러 작품 역시 대학교 시절 조금씩 써서 완성시킨 것이다. 도와주는 사람도 응원해주는 사람도 없었다. 나의 인생을 감당할 수 있는 것은 나 자신뿐이다.

하지만 나 역시 막막했던 시절이 있었다. 미래에 무엇을 할 수 있을지, 졸업 후 어떻게 해야 성공할 수 있는지 아무것도 알 수 없었다. 그러다 어느 순간 깨닫게 되었다. 사람은 고독한 세월을 견뎌내야만 자신의 전성기를 맞이할 수 있다는 사실을.

◇ ◇ ◇

나는 2년간의 회사 생활과 1년 반의 전업 작가 생활을 거쳐, 우연히 어느 벤처 창업팀에 몸담은 적이 있다.

처음에는 창업에 대해 아는 것이 전무한 상태로 무작정 시작했다. 그러다 많은 동료들을 만나 어떻게든 지속할 수 있게 되었다.

당시 나는 함께 일하는 사람들이 모두 나와 같은 생각으로 임하고 있다고 믿어 의심치 않았다. 무에서 유를 창조하는 이 과정에 모두가 나처럼 열정적인 자세로 임할 것이라고 말이다.

하지만 팀이 구성된 이후 꼭 그렇지만은 않다는 것을 깨달았다. 다들 그동안 수동적이고 피지배적인 근무 환경에서만 일해온 탓이었다. 어차피 리더는 한 사람이니, 작업의 성패는 자신과 큰 관련이 없다고 생각하는 것이다. 개중에는 작업이 잘 돼 좀 더 나은 이윤을 얻고자 하거나, 팀의 미래를 고려하는 사람도 물론 있었다. 하지만 여전히 누군가는 이 창업팀에서도 역시 일반 회사에서와 마찬가지로 할당된 일만 처리하면 된다고 생각했다.

나는 이에 동의하지 않았다.

비록 나는 우두머리도 아니고 어플리케이션 제작 과정을 책임지는 팀장에 불과하지만, 내겐 앞서 말한 것 외에 더 중요하게 생각하는 것이 있었다. 바로 '이 벤처 창업팀을 통해 내가 무엇을 얻을 수 있는

가?'였다.

나는 몸소 체험해 보고 싶었다. 이 과정 속에서 성공과 실패를 모두 경험하고 싶었다. 나는 벤처 창업팀에서의 작업 방식이 일반 회사의 그것과는 달라야 한다고 생각했다. 이 길을 택한 나의 결정을 존중하고 싶었다.

나는 팀 내에서 가장 일찍 출근해 가장 늦게 퇴근하는 사원이었다. 심지어 가끔은 개발자들보다도 더 늦게까지 남아 있다가 마지막 지하철을 놓쳐 그대로 사무실에서 밤을 보낸 적도 있다.

나는 또한 CI company identity를 담당하는 동료가 로고나 슬로건을 만드는 과정에도 참여해 그 과정을 지켜보고 의견을 개진하였다. 도메인 주소를 신청하거나 홈페이지를 보수하는 과정도 도왔다. 그 과정 속에서 지식의 확장을 경험할 수 있었다. 어플리케이션의 초기 설계도를 그리는 작업에 참여했을 때는 동종 업계에 종사하는 친구와 함께 새로운 기능에 대해 연구해 보기도 했다.

이렇듯 나는 어플리케이션 개발 과정에 처음부터 끝까지 참여하여 알게 모르게 많은 일을 거들었다. 이는 확실히 고생스러운 과정이었다.

하지만 마침내 어플리케이션이 출시되고 많은 이용자들의 인정을 받으며 이용자수가 백 명에서 천 명, 다시 천 명에서 만 명까지 올라가는 모습을 보면서, 그동안의 고생이 기쁨이 되어 돌아오는 것을 느꼈다. 팀 내에서 홀로 넘어지고 부딪히며 앞으로 나아가느라 엄청난 시간을 희생했지만, 그 후에 찾아온 만족과 보람은 그 누구보다 컸다.

당시 개발자 중에 본업은 따로 두고 있으면서도 우리 작업에 참여한 능력 좋은 팀원이 있었다. 그는 우리 일과 본업 외에 저녁이 되면 또 다른 작업도 겸하고 있었다.

어느 날 술에 취한 그가 갑자기 내게 물었다. "일개 팀장에 불과한 네가 아무리 열심히 한들 수입을 제일 많이 가져갈 수 있는 것도 아닌데, 왜 이렇게 사서 고생이야?"

나는 웃으며 말했다. "만약 모든 직원이 그런 식으로 생각한다면 이 팀은 해체하는 게 낫겠네."

그는 조금 당황한 듯했다.

나는 그의 어깨를 두드리며 이렇게 말해주었다. "이 세상에 그냥 얻어지는 건 없어. 내가 지금 희생한 시간이 나중에 더 큰 보상이 되어 돌아올 거야."

그로부터 열 달 후, 나는 여러 가지 어쩔 수 없는 이유로 팀을 떠나게 되었다.

회사를 떠나기 전, 다섯 군데의 헤드 헌팅 회사에서 나에게 연락을 주었다. 그 후에도 수많은 스카우트 제의를 받았다. 그것은 그동안의 수고와 희생에 대한 보답이었다.

이직 후 한 달이 채 되지 않아 그 팀의 해체 소식을 들었다. 이렇듯, 작업을 완성하기 위해서 모든 팀원의 협업이 필요한 것은 당연하다. 혼자서 전부를 책임질 수는 없으니 말이다. 하지만 협업이 필요한 작업일수록 완성의 순간까지 팀원 각자도 최선을 다해야 한다.

포기하지 말자 인생이 아름다워진다

내딛는 걸음만큼 보고, 보는 만큼 사랑하며,
그렇게 홀로 묵묵히 경험하고 기록하고 깨달으며 글을 쓰는 것
나는 그것이 바로 용감하고 강한 삶이라고 생각한다.

◇◇◇◇

벤처 창업팀에서 나온 나는 다시 정시에 출퇴근하는 직장인이 되었다.

내가 다시 고정 수입을 받는 직장인 신분으로 돌아오자, 가족과 친구를 비롯해 나를 아는 편집자와 독자들까지 수많은 사람들이 걱정하기 시작했다. 나는 벤처 창업팀에 들어가기 전에 원래 작가였기에, 편집자는 내가 글 쓸 시간이 없어 원고가 늦어질까 전전긍긍했고, 독자들 역시 편집자와 마찬가지로 나의 글을 더 이상 읽지 못할까 봐 불안해하는 것이었다.

가족과 친구들의 걱정은 더욱 컸다. 그들은 내가 다른 사람들처럼 매일 반복된 생활에 마비되어 더 이상 주체적으로 부딪히고 능동적으로 살 수 없을까 봐 걱정했다.

물론 내 삶에도 직장인의 비애가 피어날 것이다. 이를테면 대충대충 일하는 시간을 때우고 빨리 시간이 지나가 버리길 바랄 수 있다. 얼른 퇴근 시간이 되길, 얼른 월급날이 오길 하고 말이다. 심지어 매 순간이 값진 인생의 소중함을 잊어버릴 수도 있다. 얼른 60세가 되어 무사하게 퇴직할 날만을 기다리면서.

하지만 나는 하루라도 자판 두드리는 소리를 듣지 못하면 이내 불안해지는 작가이기도 하다. 이는 관성이나 본능과 같은 것이다. 설령 긴 글은 쓰지 못할지라도 짧은 시로써 나의 감정을 기록해나갈 것이다.

또한 지금까지 모든 일을 혼자서도 묵묵히 헤쳐 온 덕분에 늘 주변에서 일어나는 일을 관찰하고, 느끼고, 체험하는 일이 습관이 된 나는, 언젠가 그런 경험을 모아 마침내 글로 탄생시킬 것이다. 그렇게 글에

포기하지 말자 인생이 아름다워진다

담긴 나의 마음이 더욱 더 많은 사람들에게 전달될 수 있을 것이다.

또한 홀로 묵묵히 일해 온 나의 습관이 어느새 나의 심지를 더욱 굳건하게 만들었다. 그리하여 나는 고독과 상처와 타인과의 차이를 마주하고도 성공과 축하와 기쁨을 기꺼이 받아들일 수 있게 되었다.

그래서, 이 도시의 군중들 속에서 홀로 살아가는 것, 그러면서 나만의 이야기를 만들어 그 이야기를 끊임없이 들려주는 평범한 사람으로 살아가는 것 역시 훌륭한 삶의 방식이라고 나는 믿는다.

그러니 내가 직장인으로 돌아왔다고 해서 그 생활에 안주하거나 나의 열정이 사그라드는 일은 결코 없을 것이다. 단지 생활 방식을 바꾼 것뿐이니까.

그러한 생활 방식 속에서도 많은 작품을 독자들에게 보여줄 것이다.

내딛는 걸음만큼 보고, 보는 만큼 사랑하며, 그렇게 홀로 묵묵히 경험하고 기록하고 깨달으며 글을 쓰는 것, 나는 그것이 바로 용감하고 강한 삶이라고 생각한다.

취미가
직업이 되기까지

후이후이

만약 하고 싶은 일과 해야만 하는 일이 다르다면,
하고 싶은 일을 '유용하게' 만들고,
해야만 하는 일에 '재미'를 붙여 보는 건 어떨까.

"가자, 차에 타!"

친구는 트렁크에 크고 작은 장비들을 챙겨 넣으며 외쳤다. 그는 예전부터 천문학 애호가였다. 몇 주 전 주말, 하늘이 티 없이 맑았던 그날 밤 나와 두 명의 친구는 산에서 별을 구경하기 위해 그의 차를 타고 북쪽으로 달렸다. 창밖으로 드넓은 꽃밭이 넘실거렸다.

서쪽 끝자락에 걸린 오렌지색 구름이 어느새 푸른빛의 하늘 속으로 사라지고 나니, 별들이 하나둘 빛나기 시작했다. 북두칠성, 북극

성, 시리우스성, 목성과 같은 별들과 카시오페이아자리, 페르세우스 자리, 오리온자리, 사자자리, 황소자리, 게자리 등의 별자리까지…, 그의 손에 들린 레이저 포인터가 초록색 광선으로 우리와 별을 하나로 이어주고 있었다.

그런 밤하늘은 처음이었다. 20년을 넘게 살면서 책에서 읽은 '새카만 벨벳 위에 뿌려진 보석들'과 같은 느낌이 어떤 것인지 처음으로 이해할 수 있었다. 소음 공해, 빛 공해가 끊이지 않는 도시에서 벗어나 도착한 산 속은 무서울 정도로 고요했다. 머리 위에서는 밤하늘의 별들이 느릿느릿 움직이고 있었다. 가끔 하늘을 가르는 유성을 발견할 수도 있었다. 나는 성냥팔이 소녀가 그 겨울날 밤 손에 불어넣었던 온기를 상상했다. 전갈과 사냥꾼 오리온이 싸우는 모습도 상상해 보았다. 그리고 저 별들 어딘가에서 나를 바라보고 있을 누군가의 두 눈과, 우리별 어딘가에서 미간을 찌푸린 채 고뇌에 잠겨 있을 제갈량의 모습까지…. 시공간이 뒤섞이고 천지가 하나로 연결되며 모든 나라가 화합하는 등, 꿈처럼 아름다운 모습들만 떠올랐다.

"이런 건 너 같은 몇몇 별 애호가들만 맛볼 수 있는 경험이겠다!" 내가 말했다.

"그래서 나는 더욱 많은 사람들과 함께 별을 볼 수 있는 회사를 차리고 싶어." 친구가 대답했다.

별을 보는 게 좋아 회사까지 차리겠다니! 나는 내심 깜짝 놀랐다.

나 역시 어릴 적에는 수많은 '취미'가 있었다. 그중 교향악을 특히나 좋아해서, 초등학교 시절에는 음악실에 있는 거의 모든 악기를 가

취미 생활은 때때로 우리의 사기를 진작시켜
'유용한' 일을 한층 더 잘할 수 있도록 돕는다.

지고 놀았다. 그러다 결국 3학년 때 선생님께 악단에서 함께 공연하게 해달라고 조르기도 했다. 원칙대로라면 4학년 이상의 학생들부터 가능했었는데 선생님이 나에게만 특별히 기회를 주셨다. "좋아, 애국가를 연주할 줄 알면 특별히 이번 공연에 함께하게 해 줄게." 좋았어! 그후 매일 학교 수업을 마치면 나는 방에 틀어박혀 그 곡을 죽어라 연습했다. 그리고 마침내 언니오빠들과 함께 공연할 수 있게 되었다. 비록 그 때는 연주할 줄 아는 곡이 하나도 없어서 단원들과 섞여 앉아 피리를 부는 척만 했지만 말이다. 하지만 그때 무대 위에서 느낀 두근거림은 몇날 며칠 동안 진정될 줄 몰랐다.

중학교에 진학하면서부터 나는 학업에 열중하기로 결심했다. 그래서 친구들이 함께 관악단 활동을 하자고 제안했을 때도 솔깃하긴 했지만 한참을 망설인 후 거절할 수밖에 없었다. 미안, 이제부터는 시간을 좀 더 유용한 곳에 써야할 것 같아. 라고 말하며. 그 이후로 나는 공부를 핑계로 모든 취미 활동을 버렸다.

그렇게 대학교에 입학하고 나니, 다양한 취미를 가지고 있는 친구들에 비해 나는 마치 맹물 같은 인생을 살고 있다는 생각이 문득 들었다. 사진 촬영을 좋아하는 친구는 타오바오에 가게를 열었다. 가격이 높지는 않지만 본인이 좋아서 하는 일인 데다 수입도 조금씩 생기고 있다고 했다. 또 다른 친구는 어릴 때 레고를 좋아했던 취향이 커서는 로봇제작으로 연결되어, 18살 때 특허까지 냈다. 그는 대학 시절에도 중학생들을 인솔해 미국에서 열리는 로봇경진대회 등에 참가하곤 했다. 졸업 후에는 본인의 가게를 열어 아이들에게 로봇에 대한 흥미를 일깨워

주고 있다.

중학교 시절의 나에게는 '열심히 공부해서 시험을 잘 보는 것'이 가장 유용한 일이었다. 그러다 문득 다른 사람들의 취미활동을 보고 나니 가슴 속에 묻어두었던 무언가가 꿈틀거리는 느낌이 들었다. 가끔은 만약 어릴 때 취미 생활을 포기하지 않고 계속 해왔다면, 어쩌면 음대에 진학했을지도 모르겠다는 생각도 든다. 그렇다면 지금쯤 음악의 도시 어딘가의 화려한 공연장에 앉아, 우아한 검정색 턱시도를 입은 나의 입술 끝에서 진동하는 악기가 청아한 음색을 뽐내며 전 세계에 울려 퍼질 텐데!

생각해 보니 당시 취미를 '자아검열'한 것이 후회가 된다. '취미'와 '유용함' 중 반드시 하나만 선택해야 하는 것은 아닌데 말이다. 유용함이란 무엇일까? 그것은 바로 눈앞의 목표를 달성하는 데 효과적인 수단을 말하는 것이다. 시험을 잘 보고 좋은 학교에 진학하는 것도 목표지만, 즐겁고 다채롭게 사는 것 또한 일종의 인생 목표라고 할 수 있다. 인생의 목표는 단계마다 중요성의 차이를 보일 수는 있으나, 반드시 단 하나만 존재해야 하는 것은 아니다. 또한 취미 생활은 때때로 우리의 사기를 진작시켜 '유용한' 일을 한층 더 잘 할 수 있도록 돕기도 한다.

그러나 이러한 후회조차 괜한 일일 수도 있다. 취미가 있다고 해서 그것이 모두 직업으로 이어질 수 있는 것은 아니니까.

별 구경처럼 돈도 안 드는 일은 누구나 마음만 먹으면 할 수 있겠지만, 그 취미를 위해 회사를 세우는 일은 다르다.

사랑하는 일을 직업으로 삼고,
사랑하는 사람을 단짝으로 삼는 것이야말로 인생의 행복이다.

그들은 어떻게 취미를 '실현'시킨 것일까? 두 가지가 필요하다.

첫째, 취미는 어디까지나 본인의 관심사를 통해 즐거움을 얻기 위해 시작된 것일 뿐, '실현'시키는 일은 부가적인 일에 지나지 않는다고 생각해야 한다. 그렇게 마음 먹어야만 사업 초기의 '투자는 크고 수입은 적은' 상태를 견딜 수 있다. 사진 촬영을 좋아해 가게를 열었다는 친구의 정산을 도와준 적이 있다. 그 친구가 책정한 사진의 가격으로는 사진 찍으러 다닐 때 쓰는 차 기름값 정도만 간신히 벌 수 있었다. 그래서 촬영을 비롯해 운전과 전화 상담까지 홀로 처리했지만 조금도 개의치 않았다. "결과물이 좋으면 입소문은 금방 퍼질 거야!" 그는 늘 이렇게 말했다.

둘째로 '취미'를 '특기'로 발전시켜야 한다. 특기는 가볍고 평범한 것이 아니다. 반드시 지속적으로 집중하여 실력을 축적하는 것이 필요하다. 별 구경을 좋아하는 나의 친구는 천문학을 전공한 적이 없다. 하지만 줄곧 관련 자료를 찾아보거나 공통 관심사를 가진 사람들을 만났다. 그런 '천문학의 신'들과 함께 경험하고, 장비를 갖추고, 그 분야의 주위를 맴돌며 점점 그 영역의 '전문가'로 성장한 것이다.

나아가 이러한 나의 특기를 다수의 사람들과 함께 나누고 싶은 욕망이 있다면 더할 나위 없겠다. 취미를 혼자서만 즐기는 영역에서 끄집어내어, 사람들의 욕구를 자극하는 '압통점'을 제대로 찾아 시장을 개척해야 한다.

사랑하는 일을 직업으로 삼고, 사랑하는 사람을 평생의 단짝으로 삼는 것이야말로 우리가 인생을 살면서 얻기 힘든 행복일 것이다. 만약

포기하지 말자 인생이 아름다워진다

하고 싶은 일과 해야만 하는 일이 다르다면, 하고 싶은 일을 '유용하게' 만들고, 해야만 하는 일에 '취미'를 붙여 보는 건 어떨까.

좋아하는 일을
직업으로 삼는 방법

아이샤오양

＿＿＿＿

좋아하는 일이라고 해서 무조건 잘 할 수는 없다.
그러나 잘 하기 위해서는 최소한 그 일을 싫어해서는 안 된다.

＿＿＿＿

◇

나는 종종 다음과 같은 질문을 받곤 한다. 어떻게 좋아하는 일을 찾으
셨어요? 그래서 내가 어떻게 글 쓰는 일을 시작하게 되었는지 생각해
보았다. 수많은 우여곡절이 떠올랐다. 작가라는 직업은 결코 하늘에서
뚝 떨어진 운명 같은 게 아니었다.

　나는 대학교를 졸업한 직후 칙칙한 분위기의 공기업에서 근무했는
데, 알 수 없는 미래에 대한 막막함과 불안감에 다양한 부업을 시도했

　　　　　　　　포기하지 말자 인생이 아름다워진다

었다. 광고 회사와 IT회사에서 아르바이트도 했었고, MBA도 응시했으며, 친구가 운영하는 식당을 돕기도 했다. 한번은 마음 맞는 친구들과 함께 창업을 한 적도 있다. 인근 컴퓨터 상가를 상대로 도시락 배달 전문 업체를 만든 것이다. 당시만 해도 상당히 참신한 컨셉이었다.

글쓰기를 포함해 이 모든 일들은 모두 내가 관심 있어 하던 것들이었다.

그래서 그런 일들을 하는 몇 년간 나는 마치 서커스단원이라도 된 듯 재미있고 다채롭게 살았다. 다른 사람들이 퇴근 후 노래방에 갈 때 나는 각종 아르바이트를 하고, 주말에는 짬을 내어 석사 시험을 준비했다. 아버지는 내가 한 가지 일을 진득이 하지 못하고 이것저것 시도하는 것을 못마땅해 하시며, 그러다가는 하나도 제대로 할 수 없을 거라고 말씀하셨다. 나는 딱히 할 말이 없었다. 나도 물론 부모님이 기대하시는 것처럼 안정적인 공기업에서 평생 행정 업무를 하는 것을 즐거움으로 여기며 살면 좋았겠지만, 그것은 결코 내가 좋아하는 일이 아니었다. 비록 내가 진정으로 좋아하는 일이 어떤 것인지는 몰라도 그런 생활이 아니라는 것만은 확실했다.

◇◇

진정으로 좋아하는 일을 찾기 위해서는 먼저 무엇이든 시도해 보아야 한다.

나에게 좋아하는 직업을 찾는 방법에 대해 묻는 사람들이나 자신이 무엇을 좋아하는지 확실히 알지 못하는 사람들에게는 모두 한 가지 공통점이 있다. 바로 생각은 많은데 행동으로 옮기지는 않는다는 것이다. 그들은 일단 정답을 찾은 후에 해 보겠다는 생각만 하지, 해 보고 나서 정답인지 아닌지 판단할 생각은 하지 않는다.

'일단 좋아하는 일을 찾고 나서 열심히 하자.'라고 생각하는 사람들이 단번에 좋아하는 일을 찾을 확률은 '일단 결혼 상대를 찾으면 그 다음부터 연애하자.'라고 생각한 후 단번에 천생연분을 찾을 확률과 같다. 혹시 이런 사람들이 정말로 첫 연애부터 천생연분을 만나 그 상대와 백년가약을 맺고 검은머리 파뿌리 되도록 살 수 있다면, 그것은 노력과 경험의 결과가 아니다. 그저 운일 뿐이다.

자신이 좋아하는 일을 하는 절대 다수의 사람들은 그 일을 운 좋게 얻은 것이 아니다. 그들은 수많은 시행착오 속에서 자신이 좋아하는 동시에 감당할 수 있는 일을 찾아낸 것이다.

'흥미는 가장 좋은 선생님이다.'라는 말을 사람들은 '흥미만 있으면 무엇이든 잘 할 수 있다.'는 뜻으로 오해하곤 한다. 사실 이는 틀린 말이다. 자신이 좋아하는 일을 찾는 과정은 사실 무척이나 길고 어려운 것이다. 수많은 외부적 요인들 때문에 지금껏 좋아하던 일이 별로 좋지 않게 되는 경우도 있고, 별 관심 없었던 일이 돌연 좋아지기도 한다. 그러다보니 호감의 정도가 다른 몇 개의 선택지 중에 최후에 남는 것은 도리어 자신이 가장 좋아하는 것이 아니라 재능을 가지고 있거나 혹은 선천적인 조건에 가장 부합하는 것일 수 있다.

이는 해외에서 쇼핑을 잔뜩 하고 왔을 때를 상상해 보면 쉽게 이해할 수 있다. 모두 본인이 좋아하고 마음에 드는 것만 고르고 또 골랐을

포기하지 말자 인생이 아름다워진다

테지만, 정작 몸에 걸치고 나가면 사람들에게 좋은 반응을 얻는 물건이 있고 그렇지 않은 물건이 있다. 심지어 어떤 것은 혹평을 듣기도 한다. 본인 역시 어떤 것은 쉽게 손이 가고 착용할 때 편한 느낌이 드는가 하면, 어떤 것은 유난히 손이 안 가고 몸에 걸치면 어딘가 어울리지 않는다. 그렇다고 가장 자주 착용하는 그 물건이 반드시 가장 마음에 드는 물건이라고 할 수는 없을 것이다. 하지만 나와 가장 어울리는 물건임은 확실하다.

좋아한다는 것은 출발선에서의 마음가짐에 불과하다. 좋아하는 일을 직업으로 삼고, 자신의 직업을 좋아하기 위해서는 성취감 및 지속할 수 있는 힘이 필요하다.

◇ ◇ ◇

초창기에 함께 글을 쓰던 동료는 문학에 대한 애정이 나보다 훨씬 컸다. 내가 사흘에 한 편을 완성할 때 그녀는 하루에 세 편씩 쓸 정도였다. 표현 욕구 또한 무척이나 강해서, 일상에서 일어나는 아무리 사소한 일이라도 글로 쓰곤 했다. 그 때문인지 그녀의 글은 간결하지 못하고 늘 길고 지루했다.

나의 글이 처음으로 석간 신문 칼럼란에 실렸을 때 그녀는 내게 운이 정말 좋다고 말했다. 어쩐지 억울하고 화난 듯한 말투였다.

그도 그럴 것이, 그녀는 누가 봐도 나보다 더 글쓰기를 좋아했고, 나보다 더 열심히 글을 썼다.

내가 부업을 통해 다양한 업계를 경험해 볼 때도 그녀는 오로지 한

가지 일에만 몰두했다. 바로 끊임없이 글을 쓰는 일이었다. 하지만, 글을 쓰는 사람에게 있어 경험은 재산과도 같다. 그녀가 익숙한 풍경 속 익숙한 사람들과 함께 익숙한 글만을 쓰면서 세월을 보내는 동안 아마도 그녀 자신조차 깨닫지 못했을 것이다. 지금껏 단 한 번도 성취되지 못한 그녀의 케케묵은 열정은 어느새 산산조각 나 버렸다는 사실을.

얼마 전, 오랜만에 만난 그녀는 전업 주부가 되어 있었다. 부업으로 글을 쓰기에 가장 적합한 직업이라고 생각했다. 그래서 나는 그녀에게 여전히 글을 쓰냐고 물었다. 그녀는 완전히 마음을 접은 듯 말했다. 긴 글을 쓸 때는 아무도 안 읽어주더니, SNS에서는 자신이 글을 제일 잘 쓰더라고. 그래서 '좋아요'를 눌러주는 사람도 엄청 많다고.

우리는 비록 우리 스스로 상상하는 만큼 강한 존재가 아닐지라도, 무조건적으로 어떤 사람이나 일을 사랑하는 일쯤은 충분히 할 수 있다. 왜냐하면 태초에 우리는 모두 끝없는 사랑을 주는 사람의 품에 안겨 있었기 때문이다.

그러나 우리가 그렇게 무조건적인 사랑을 품어 얻은 결과물이 그간의 실패와 좌절을 상쇄시키지 못한다면 가장 사랑하는 사람이나 일을 예전만큼 사랑하지 않게 될 수도 있다.

황보黃渤, 중국의 연기자 - 옮긴이가 연기자가 되기 전 가장 좋아하던 일은 연기가 아니라 노래와 춤이라고 한다. 한때 춤을 가르치며 밤무대에 섰던 그는 드디어 한 음반 회사와 계약하기에 이른다. 그러나 마오닝 毛宁, 가수로 데뷔하여 연기자와 진행자로도 활동하는 중국의 유명 방송인 - 옮긴이과 양 위잉杨钰莹, 가수 겸 음반제작인 - 옮긴이의 인기에 밀려 큰 타격을 받으면서

포기하지 말자 인생이 아름다워진다

한 가지 중요한 사실을 깨닫는데, 그것은 바로 가수는 외모가 상당히 중요하다는 것이었다고 했다.

밤무대에 설 때도 춤을 가르칠 때도, 그는 자신이 좋아하는 그 일을 반드시 '직업화' 시키려고 무던히도 애썼다. 그러나 결과는 늘 좋지 못했고, 이상과 현실의 괴리가 벌어질수록 점차 게을러져갔다. 결국 모든 것을 내려놓고 고향인 산둥 지방으로 내려가 공장을 차리고 사업을 시작했다. 그 시기에 그는 자신이 진정으로 좋아하는 일이 무엇인지에 대해서는 혼란스러웠지만, 무엇이 좋아하지 않는 일인지에 대해서는 확신을 내렸다고 한다. 바로 '사업'이었다. 늘 거래처를 만나 술을 마셔야 하고, 매일같이 서류 가방을 끼고 다니는 일 말이다.

무대를 찾아 다시 돌아온 황보는 자신이 좋아하는 일은 조금 줄이고 차선책으로 연기과에 들어가 더빙을 공부했다. 그 후 연기자로 데뷔해 화려한 스포트라이트를 받게 된다.

◇ ◇ ◇ ◇

좋아하는 일이라고 해서 무조건 잘 할 수는 없다. 그러나 잘 하기 위해서는 최소한 그 일을 싫어해서는 안 된다. 두 번째, 세 번째로 좋아하는 일에서 성취감을 느낀다면 그것이 제일 좋아하는 일이 될 수도 있다. 그 좋아하는 일을 지속 가능한 직업으로 삼기 위해서는 즉각적인 포상과 대가가 주어져야 하는 것이다.

우리가 진짜로 좋아하는 일이 무엇인지 모르겠다고 원망하고 있다면, 거기에는 두 가지 가능성이 존재한다. 첫 번째는 말 그대로 자신이 좋아하는 것을 정말 모르는 경우이다. 이런 경우 최대한 다양한 분야의 일을 경험해 보는 것이 필요하다. 수많은 시행착오 끝에 정답을 찾을 수 있을 것이다. 두 번째는 초심이 변한 경우이다. 설령 일찌감치 좋아하는 일을 찾았다 해도 그 이후에 노력을 게을리했거나, 발전이 없거나, 희망도 가능성도 보이지 않으면 결국 별로 좋아하지 않게 될 수도 있다. 그래서 하는 일마다 마음에 들지 않는 것처럼 느껴진다.

또한 우리는 이 '좋아하는 일'에 대해 일종의 잘못된 인식을 가지고 있기도 하다. 그래서 취미를 직업으로 삼은 사람들을 무작정 숭배하는 경향이 있다. 그들의 인생은 거칠 것이 전혀 없으며 무엇이든 마음먹은 대로 이루어질 것만 같은 믿음 말이다. 그래서 자신도 좋아하는 일을 찾기만 하면 그 어떤 스트레스도 받지 않고 슬럼프나 고민 따위도 전혀 없이 살 수 있을 것이라고 착각한다.

나는 이러한 생각에 조금도 동의하지 않는다. 나는 글을 좋아하여 글로 먹고 살지만, 여전히 초조하고 긴장되고 걱정스러운 슬럼프는 찾아온다. 전 애플CEO인 스티브 잡스는 IT업계를 사랑하고 자신이 만든 상품을 사랑하는 사람이었다. 그는 자신이 진정으로 사랑하는 그 일을 하기 위해 대학교도 중도에 포기할 정도였다. 하지만 그의 자서전을 읽고 내가 가장 감명 깊었던 부분은 그 역시 일을 하면서 괴로움에 눈물을 흘리기도 하는 사람이었다는 점이다. 그 역시 스트레스에 괴로워하고, 후회하기도 했다. 슬럼프는 일을 하는 사람이라면 누구나 겪을 수밖에 없는 것이다. 사랑하는 연인 사이에서도 권태기란 피할 수 없는 운명인 것처럼.

포기하지 말자 인생이 아름다워진다

좋아했던 일이 일단 직업이 되고 나면,
그때부터 우리의 재능은 오로지 의지로만
조절할 수 있게 된다.

슬럼프에 빠졌다고, 스트레스가 심하다고, 일이 잠깐 잘 풀리지 않는다고 해서 자신이 좋아하던 일에 금세 회의를 품는다면, 그 일은 직업으로 발전시키지 말고 취미 생활로 남겨두는 쪽이 좋겠다. 아무리 좋아하는 일이라도 일단 직업이 되고 나면, 그때부터 우리의 재능은 오로지 의지를 통해 좌우되기 때문이다. 타고난 재능이 아무리 대단하다 해도 의지 없이는 '한때 좋아했던 일'과 함께 사라져 버리기 마련이다.

한때 좋아했던 일이 하면 할수록 싫어진다면, 그 얼마나 비극적인가.

포기하지 말자 인생이 아름다워진다

불평은 반드시
불행을 부른다

이는 드문 경우가 아니다.
불평을 늘어놓기 시작하는 순간,
더욱 중요한 것을 놓치게 된다.

_____

사람들은 말한다. 우리네 삶의 모습은 우리의 내면 세계를 반영한다고. 그래서 나는 다짐한다. 삶이 우리에게 내려준 모든 것을 긍정적인 마음가짐으로 바라보리라고. 만약 살아가면서 맞닥뜨리는 모든 시련에 대해 불평만 늘어놓는다면, 즉, 맑고 깨끗한 마음은 잊은 채 살아간다면, 어쩌다 다가온 불행마저 쉽사리 떠나고 싶어 하지 않을 테니까.

◇

차오차오는 입사 2년차의 90년대 생 여직원이다. 무척이나 늘씬하고
아름다운 외모의 그녀를 처음 보는 사람들은 누구나 첫 눈에 반하고
만다. 그러나 그녀를 겪어 본 사람들이라면 다 알고 있다. 그녀는 '부
정'의 여신이었다. 매일같이 직장 상사 아니면 남자친구에 대한 불평
불만을 입에 달고 다니는 것도 모자라 심지어 출근 시간대에 차가 막
히는 것까지 한바탕 투덜대야 직성이 풀렸다. 대화를 할 때면 그녀는
어김없이 세 마디를 채 넘기지 못하고 불평을 늘어놓기 시작해서 시시
콜콜한 것까지 끄집어내곤 했다.

밸런타인데이에 상사가 차오차오에게 중요한 서류 하나를 출력해
10시 전까지 거래처로 보내라고 지시했다. 그녀는 하필 그때 남자친
구에게 성질을 부리던 중이었다. 동료의 남자친구가 출근 시간에 맞춰
꽃다발을 보내준 것을 보고, 꽃 한 송이도 보내지 않은 남자친구에게
불평불만을 쏟아낸 것이다. 그 탓에 기분이 좋지 않았던 그녀는 서류
를 대강 출력해 거래처로 가면서도 남자친구와 통화를 끊지 않았다.

서류 전달을 마친 후 돌아오는 길, 회사에 도착하기도 전에 상사로
부터 전화가 걸려왔다. 그 길로 차오차오는 곧장 상사에게 불려가 호
되게 혼이 났다.

알고 보니 그녀는 서류를 출력하기 전 실수로 회사의 입찰가에 0을
하나 빼먹은 것이다. 그 금액으로는 회사가 엄청난 금액을 손해 볼 수
밖에 없었다. 그렇다고 지금 와서 수정한다면 신용에 큰 타격을 입을
것이 뻔했다. 차오차오는 이 모든 일에 책임이 있었다.

포기하지 말자 인생이 아름다워진다

그렇게 그녀는 직장을 잃고 말았다.

사실 이는 드문 경우가 아니다. 불평을 늘어놓기 시작하는 순간, 더 중요한 것을 놓치게 된다. 업무를 소홀히 하는 것은 잘못된 행동이다. 다른 사람만 탓하거나 부정적인 감정을 갖다가는 본연의 업무를 실수할 가능성도 커진다.

◇◇

러러는 나의 절친이다. 대학 졸업 직후 청혼을 받고 우리 고향의 부잣집 아들인 다슝과 결혼했다.

처음에는 그녀가 힘들게 4년간의 대학 공부를 마친 후 큰 세상에 나가 실력 발휘를 해 보지도 못하고 고향으로 돌아가 결혼생활을 하는 게 아깝게만 느껴졌다. 하지만 그녀에게 지극정성으로 대하는 다슝과 행복해하는 러러의 모습을 보니, 러러의 여린 성격에 사람들에게 치이고 돈 걱정에 밥 먹을 시간도 없이 일하는 것보다 차라리 일찌감치 가정을 이루고 현모양처로 살아가는 것도 나쁘지 않아 보였다. 그래서 그녀의 행복한 결혼 생활을 함께 기뻐하고, 때론 부러워하고 있었다.

러러는 결혼 후 6개월 만에 떡두꺼비 같은 아들을 낳았다. 나는 이로써 그녀의 인생이 더욱더 행복하고 안정될 거라고 생각했다.

하지만 아이가 태어난 후 한동안 러러는 어디서 그런 말을 들었는지 '아내가 아이를 낳으면 남자들은 바람을 피운다'는 말을 자꾸 떠올렸다. 그녀는 모든 일에 의심의 눈초리를 보내기 시작했다. 시작은 본인이 예쁘지 않다고 생각하는 것이었다. 그러다 다슝이 예전처럼 다정하게 대해주지 않는다고 원망하기 시작했다. 그것은 마침내 다슝이 바깥에서 다른 여자를 만난다고 의심하는 데에 이르렀다.

러러는 내게 하루가 멀다 하고 불평불만을 담은 문자를 보내왔다. 남편이 아이를 안을 줄도 모른다는 둥, 남편이 해주는 음식은 맛이 없다는 둥, 남편이 틈만 나면 야근이라는 둥…, 그러다 핸드폰으로 다른 여자와 연락하고 있는 걸 봤다고까지 하는 데 이르렀다.

그런 원망 속에서 러러의 의심은 점점 더 커져만 갔다. 매일같이 남편의 핸드폰을 검사하기 전까지는 안심하지 못했고, 남편과 잠시라도 연락이 닿지 않으면 불안해했다. 남편인 다슝은 그런 그녀를 끊임없이 달래고 타일러 봤지만, 조금만 지나면 또 다시 귀찮게 굴기 시작했다. 러러는 도무지 그만둘 줄을 몰랐다. 다슝이 서재에서 게임을 하느라 침실에 조금만 늦게 들어와도 화가 나 곧장 각방 쓸 생각부터 할 정도였다.

그러다 공교롭게도 다슝과 러러가 각방을 쓰고 난 후, 러러는 다슝이 핸드폰으로 한 여자와 빈번하게 연락을 주고받은 증거를 발견했다. 그뿐만 아니라 은밀히 만날 약속을 잡은 흔적도 보였다. 러러는 다슝에게 불같이 화를 낸 후 친정으로 돌아가 버렸다. 다슝이 아무리 돌아오라고 타이르고 그 여자와는 아무 사이도 아니라고 말해도 러러는 들은 척도 하지 않았다. 러러는 다슝과 그 여자와의 일에 점점 집착하다 결국 이혼 이야기가 나오는 지경에까지 이르렀다.

사실 러러의 입장도 이해는 간다. 졸업 직후 결혼해 사회생활에 대한 이해가 부족한 데다, 지금은 어린 자식까지 돌보고 있으니 지칠 만도 할 것이다. 거기에 각종 관계들에서 오는 스트레스가 모든 일을 다 슝의 탓으로 돌리게 만든 것이다. 나는 러러를 타이르며 말했다. 연애와 결혼은 분명 다르다고. 직장에 다니는 다슝이 언제나 네 옆에 붙어 있을 수만은 없으니 너 자신은 스스로 챙겨야 한다고. 마음 좀 가라앉히고 허튼 생각은 더 이상 하지 말라고 말이다.

러러는 결국 이혼을 택했다. 그들이 이 지경까지 온 것에 나 역시 애석한 마음이 들었다.

러러가 남편에게 불만을 가진 이유는 그를 너무 사랑하기 때문이었지만, 그 불만 때문에 결국 의심까지 생겨 버렸다. 이러한 불만족스러운 마음은 한두 번으로 끝나지 않았고 빈번했다. 두 사람 역시 매일같이 반복되는 원망과 의심으로 결국 돌이킬 수 없는 지경까지 이르게 된 것이다.

평화로운 결혼생활을 위해서는 불평불만을 줄이고 소통을 늘려야 한다는 당연한 말을 모르는 이는 없을 것이다. 불만은 어디까지나 자신의 관점에서만 보일 뿐이라서, 불만을 가진 사람은 가슴속에 적개심을 잔뜩 품고 무작정 상대를 비난하거나 원망하게 된다. 그러나 소통은 나의 관점과 상대의 관점을 모두 고려하는 것이라서, 소통하려는 자는 문제 해결을 위해 우호적인 태도로 함께 노력하게 된다. 그러니 부부가 오래도록 함께하기 위해서는 후자의 태도가 필요한 것이 당연하다.

◇ ◇ ◇

나의 소꿉친구 다진은 매우 똑똑하고 밝은 녀석이다. 그는 어릴 적 재

불행을 두려워할 필요 없다.
두려운 것은 불행이 아니라,
불평불만에 빠진 마음가짐이다.

혼한 엄마를 따라 우리 동네로 오게 되었다. 다진의 새아버지는 엄청난 술고래였다. 그래도 처음 몇 년간은 꽤 잘 지내는 편이었는데, 점차 술에 취하면 새아버지는 어머니에게 손을 올렸고 급기야 그 어린 다진을 때리는 일도 자주 일어났다.

가끔은 한밤중에도 그의 집에서 싸우는 소리가 들렸다.

그런 상황 속에서도 다진은 어머니를 조금도 원망하지 않았다. 그는 오히려 공부도 게을리 하지 않았으며, 어머니를 위로해 드리려 노력했다.

고등학생 시절, 다진은 돌연 요리에 빠졌다. 처음에는 친구들도 그런 그를 이해할 수 없었는데 나중에 다진이 말했다. 얼른 돈을 벌고 싶다고. 그래서 어머니와 새아버지를 좀 더 잘 모시고 싶다고. 나는 그에게 새아버지가 밉진 않은지 물었다. 그는 나를 보며 말했다. 밉지. 그래도 두 분이 잘 지내셨으면 좋겠어.

그러고 보니 나는 단 한 번도 다진이 누구를 원망하거나 미워하는 모습을 본 적이 없다.

결국 다진은 학교를 그만두고 요리를 배우러 떠났다. 그 후 자주 만나지는 못하지만 우리는 꾸준히 연락을 주고받고 있다. 다진이 돈을 벌기 시작하면서부터 그의 가정 형편도 훨씬 나아졌다. 새아버지도 술 마시는 횟수를 점점 줄여, 그 집안은 점차 평온을 찾아가는 중이다.

작년, 다진의 새아버지가 큰 병에 걸리셨다는 소식을 들었다. 지금껏 술을 너무 많이 마신 탓이었다. 다진은 자신의 전 재산을 털어 새아버지의 치료비로 사용했다. 가끔 고향에 내려갔을 때 다진의 집에 방문하면, 그의 따스한 마음 씀씀이는 평범한 일상생활 속에서도 어김없이 느껴졌다.

다진의 처지만 두고 본다면 그는 불행한 사람일지도 모른다. 하지만 그는 밝고 긍정적인 마음가짐으로 자신에게 드리워진 모든 먹구름을 걷어내었다. 이로써 다시는 암울한 삶 속에서 허덕이지 않아도 될 뿐만 아니라 끊임없이 자신의 앞날을 개선해나갈 수도 있게 되었다.

그러니 불행을 두려워만 할 필요는 없다. 두려운 것은 불행이 아니라, 불평불만에 빠진 마음가짐이다.

인생은 불공평하지만, 삶은 공평하다

옌샤오위

빈부격차에 따라 출발선에 차이를 보여도,
이후의 노력은 여전히 의미가 있다.
천부적인 재능을 가지고 태어나지 못했다 해도,
자신이 좋아하는 일을 즐기면 된다.
단점은 없애고 장점을 키우려 애써도,
실패나 좌절은 때로 피할 수 없는 것이다.

위마오를 만난 건 내가 사춘기를 겪으며 반항심이 최고조에 달해 있을 때였다. 그 누구의 충고도 귀담아 들으려 하지 않았던 당시 나의 상태는 마치 붕괴된 주식 시장 같았다.

그 상태로 어김없이 새 학년이 시작되었다. 당시 나는 다 풀지도 않은 수학 시험지로 종이배를 만들어, 다 먹고 난 과자 봉지나 소설책 그리고 이어폰을 칭칭 감은 소형 MP3 따위와 함께 사물함 안에 던져두곤 했다. 나는 불량스러우면서도 엉망진창인 본심을 교복으로 감추고,

이 모든 세계를 '도박장'으로 생각하기로 했다. 즉 나에게 시간은 칩이요, 학업은 판돈이었다. 그리고 그 도박의 모든 것을 소위 '운'이라 하는 물건에 맡기고 어떻게 되는지 지켜보고 있었다.

그러다 그런 불량스러운 심리상태 탓에 반에서 책상을 빼내야 하는 일이 발생하고 말았다. 그 시절 내가 다니던 고등학교는 차등반을 엄격하게 운영하고 있었다. 성적에 따라 영재반부터 시작해서 최우수반, 우수반, 그리고 보통반까지, 반은 곧 아이들의 '명예'를 상징했다.

학교에서는 소위 '표준 평가'에 의거하여 매월 말에 월말 성적이 나오고, 반년에 한 번씩 전체 등수를 매겨 점수 별로 학생을 분류했다. 예를 들어, 전교 1등부터 50등까지는 영재반, 51등부터 150등까지는 최우수반으로 배정되는 식이다. 이러한 방식으로 학교는 전교생의 성적을 적나라하게 까발리고 있었다.

그리고 나는 영재반에서 최우수반으로 떨어진 낙오자였다. 그 말인즉슨 사람들의 눈에 나는 명문대 진학과는 멀어진 아이로 비춰진다는 뜻이었다. 그 무렵부터 나는 급격히 의기소침해지고 한숨이 잦아졌다. 한 권 또 한 권 쌓여가는 일기장 속에는 점점 꿈과 이상에 대한 이야기만 늘어갔다. 나는 나태함에 잠식당하기 시작했다. 침묵에 대항할 기력도 사라져, 매일 떠오르는 밝은 태양이 만들어주는 낮 시간을 자포자기하는 심정으로 낭비해가고 있었다.

위마오는 바로 그 시기에 나타났다. 나의 새로운 짝꿍으로.

처음에는 옆자리의 이 비쩍 마르고 약해 보이는 여자애에게 조금의 관심도 없었다. 그 애는 대부분의 시간을 공부와 필기에 할애하던 아이였다. 당시 '모범생과는 절대로 친구가 될 수 없다'는 편협한 주장을 하고 있던 나는 자연히 그 아이와 거리를 두었다. 만약 그 상태 그대로 서로 말 한 마디 제대로 주고받지 않은 채 그 짧은 시기를 보냈다면, 아마 우리는 서로가 같은 책상을 사용했다는 것조차 기억하지 못하는 관계가 됐을 것이다.

그런 우리에게 전환점이 된 것은 새로 배정된 반에서 첫 번째 월말고사를 마친 직후였다. 선생님은 늘 그랬듯 전원의 성적표를 공개하셨다. 그 안에 위마오와 나의 이름이 나란히 보였다.

매일같이 고개를 파묻고 책만 들여다보고 있던 위마오 입장에서는 이게 무슨 불공평한 일이란 말인가.

당시의 학업 분위기 속에서 우리는 누구나 노력하는 딱 그만큼의 성적을 받았다. 그러나 유독 위마오만큼은 좀처럼 노력하는 만큼의 결과가 나오지 않았다. 이해하지 못하는 나를 보며 그녀는 아무렇지도 않게 말했다. "인생이란 원래 불공평한 거야. 태어날 때부터 똑똑하고 부유하게 태어나는 사람은 그만큼 학습 능력도 좋은 거고, 멍청하고 가난하게 태어나면 모든 분야에 그만큼 떨어질 수밖에 없지. 하지만 나는 그런 조건에 연연하지 않아. 앞으로도 내가 해야 하는 일을 꾸준히 할 거고, 선생님 말씀을 열심히 새겨들을 거야. 비록…, 비록 시험지에는 여전히 모르는 것 투성이지만."

그때서야 알게 되었다. 위마오는 우리 도시 부근에 있는 '가난한 시골 마을' 출생이었던 것이다.

그녀의 성적이 늘 좋지 못했던 이유는 무엇보다 영어 성적이 현저

우리가 찾아 헤매는 것은 전부
이미 우리 안에 있는 것이다.
우리는 늘 너무 많은 것을 신경 쓰다가
정작 자신이 원하는 것을 놓치곤 한다.
이것이 바로 우리의 꿈이
좀처럼 이루어지지 않는 이유이다.

히 떨어졌기 때문이었다. 그러나 이는 그녀의 게으름 탓이 결코 아니었다. 위마오는 누구보다 열심히 공부했다. 매일 아침 자습 시간마다 사각사각 글씨를 쓰며 영어 단어를 외우는 소리가 옆자리의 내 귀에도 들렸다. 그녀의 가방 안에는 깨물어지지도 않을 만큼 차게 굳은 만터우중국 동북지방의 주식으로, 밀가루 반죽을 소 없이 그대로 쪄낸 것 - 옮긴이와 함께 한푼 두푼 모아 구입한 영어 문제집이 꼭 들어 있었다. 그럼에도 그녀의 영어 성적이 좋지 않았던 가장 큰 이유는 더없이 궁색한 교육 환경에 있었다. 도시의 아이들이 몇 마디 회화 정도는 무리 없이 할 수 있게 되었을 때, 위마오는 처음 ABC를 보았다. 도시의 고등학교로 진학하자 반 친구들은 위마오의 엉터리 발음을 비웃었다. 그럼에도 그녀는 수업 시간마다 아무렇지도 않게 큰 소리로 교과서를 읽었다. 그녀의 눈은 반짝반짝 빛을 내며 즐거움에 가득 차 있었다.

"이런 내가 바보 같다고 생각하겠지만, 그래도 나는 이런 내 삶이 마음에 들어." 몇 년이 흘렀지만 나는 여전히 이 말을 할 때의 그 눈빛을 잊지 못한다. 따뜻하고 당찬, 마치 성인군자 같았던 그 눈빛을.

우리가 친해진 후 위마오는 자신의 과거를 거리낌 없이 털어놓기 시작했다. 그녀는 자신의 고향인 그 작은 시골 마을을 무척이나 그리워하고 있었다. "우리 마을에는 말야, 높다란 굴뚝이 얼마나 많은지 몰라. 저녁 무렵이면 굴뚝에서 올라오는 연기가 바람의 방향에 따라 똑같은 모양으로 움직이는데, 그게 꼭 단체 체조를 하는 것처럼 보인다니까. 너랑 같이 우리 집 옥상에 올라가 따뜻한 석양을 구경하면 얼마나 좋을까. 정말 아름답거든…." 사실 그 시절의 나는 그녀가 그토록 도취되어 있는 '고향'이라는 두 글자가 좀처럼 현실적으로 다가오지는 않았다.

위마오는 어릴 때부터 고향을 떠나 도시에서 학교를 다녔다고 한다. 홀로 기숙사에서 생활하고 학생 식당에서 끼니를 해결하면서 말이다. 빠듯한 가정 형편에 부모님의 보살핌도 기대할 수 없었다. 학비를 제외하고 위마오가 쓸 수 있는 돈은 거의 없었다. 대부분의 아이들이 틈만 나면 매점에 몰려가 가진 용돈을 탕진하고 올 때도 위마오는 아이스크림 하나 먹는 모습을 보인 적이 없다. 그녀가 가장 좋아하는 일은 쉬는 시간마다 연필로 오목판을 그리고는 나와 함께 공책을 뚫을 기세로 오목을 두는 것이었다.

명품 옷과 신발은 없어도, 그녀는 늘 단정하고 정갈했다. 화려하게 단장하지 않아도, 그녀의 미소는 꽃처럼 아름다웠다.

그렇게 나름 사색적이었던 그 소녀는 나를 쳐다보며 두런두런 이야기를 나누는 것을 제일 좋아했다.

그녀는 자신의 부족한 처지나 뒤떨어지는 성적에는 별로 신경 쓰지 않았다. 그리고는 늘 입버릇처럼 말했다. "열심히 했으면 됐어. 즐거운 게 가장 중요하지."

그녀는 저소득층 자녀에게 정부에서 지원하는 장학금도 대부분 고향에 계신 부모님께 부치고, 가끔 친구들에게 자잘한 선물도 잊지 않았다. 자신은 늘 새하얗게 빤 운동화를 신고 운동장을 누볐다. 그런 그녀를 통해 나는 처음으로 청춘이란 것이 원래 이토록 평범하지만 아름다운 것임을 깨닫게 되었다.

포기하지 말자 인생이 아름다워진다

그에 반해 나의 자포자기와 비뚤어진 태도는 어딘가 한참 잘못되어 있다고 느껴졌다. 플라톤이 말했듯 우리가 찾아 헤매는 것은 전부 이미 우리 안에 있는 것이다. 우리는 늘 너무 많은 것을 신경 쓰다가 정작 자신이 원하는 것을 놓치곤 한다. 이것이 바로 우리의 꿈이 좀처럼 이루어지지 않는 이유이다.

모든 도전이 전설이 되지는 않는 것처럼, 모든 노력이 전부 몇 배가 되어 보상받을 수는 없다.

그때 이후 나와 위마오는 둘만의 비밀이 생겼다. 나는 내 심정을 낱낱이 적은 일기장을 그녀에게 맡겼고, 그녀는 깔끔하게 정리된 요점 정리 노트를 내게 주었다. 어느 바람 부는 날 오후, 아름다운 햇살 아래서 우리는 그렇게 서로의 학창 시절 가장 나약했던 감정을 교환했다.

가오카오를 보기 전날 밤, 위마오는 내게 그 일기장을 돌려주었다. 표지에서 가장 눈에 띄지 않는 한구석에는 작은 글씨로 '힘내!'라는 말과 함께 바보 같이 웃고 있는 기분 좋은 얼굴이 그려져 있었다.

성적이 발표되고 난 후부터 나는 위마오의 소식을 알 수 없었다. 그녀는 핸드폰도 없고 SNS도 하지 않았으며 이 도시에는 주민등록된 주소도 가지고 있지 않았다. 오랜 시간이 흐른 후에야 소식을 듣게 되었다. 그녀는 베이징 소재의 좋지도 나쁘지도, 높지도 낮지도 않은 학교에 들어갔다고. 그리고는 졸업 후 고향으로 내려가 교육 관련 봉사활동을 하고 있다고. 형편은 여전히 넉넉하지 못하고, 여전히 '우수인재'와는 거리가 먼 모습으로 살고 있다고. 하지만 나는 안다. 체조하듯 움직이는 푸른 연기와 아늑한 석양이 존재하는 그 작은 시골마을에서,

위마오는 분명 자신이 진정으로 좋아하는 삶을 살고 있음을.

인정한다. 이 세상에는 확실히 누구도 어쩌지 못하는 '불공평'이 존재한다.

현실은 잔인하다. 기회는 유한하며, 넘어지는 것이 정상이다. 책을 몇 권 더 본다고 해서 금세 훌륭한 사람이 되는 것도 아니며, 몇 걸음 더 걷는다고 지금 있는 곳에서 엄청난 수준의 상승을 이룰 수 있는 것도 아니다. 오늘 사랑하는 사람 품에 안겨 쉬고 있다고 해서 내일 맞닥뜨릴 시련이 힘들지 않은 것도 아니다. 어른이 된 우리는 이제 슈퍼맨은 없다는 사실도 알고, 강호의 꿈은 현실에선 불가능하다는 사실도 알고 있다. 그런 우리에게 유일한 기쁨이 있다면 자신이 과거에 좋아하는 일을 위해 노력했던 흔적뿐이다.

하지만 즐거움을 추구하는 우리의 욕망을 자극하기에 이것만으로는 역부족이다.

인생은 운명의 손에 맡기고, 삶은 우리 스스로 지켜야 한다.

아무리 빈부격차에 따라 출발선에 차이를 보여도, 이후의 노력은 여전히 의미 있다.

아무리 천부적인 재능 같은 건 가지고 태어나지 못했어도, 자신이 좋아하는 일을 즐기면 그만이다.

아무리 단점은 없애고 장점을 키우려 애써도, 실패나 좌절은 때로 피할 수 없는 것이다.

자신의 출신 환경을 스스로 결정할 수 있는 사람은 아무도 없다. 하지만 그것이 우리의 삶을 바꾸지 못한다는 뜻은 결코 아니다.

포기하지 말자 인생이 아름다워진다

청춘이란 만두를 먹는 것과 같아서, 있는 힘껏 베어 물기 전까진 그 것이 내가 좋아하는 고기만두인지, 싫어하는 야채만두인지 알 길이 없다.

그 후로 위마오를 다시 만나진 못했다. 하지만 여전히 내게 '불공 평'한 인생을 가르쳐 준 그녀에게 감사한다. 신에게 특별히 예쁨 받 고 태어난 인생이 아니라면, 그냥 이렇게 평범한 모습으로 즐겁게 살 아가자고!

열정적인
삶을 살자

쯔젠

———

어디서 사는지는 조금도 중요치 않다.
중요한 것은 어떻게 사는지이다.

———

◇

열기가 느껴진다. 마치 한겨울 차갑게 언 손바닥에 새하얀 입김을 불어넣듯이. 타오타오에게 처음 말을 건넨 날도 이처럼 사방이 새하얀 겨울이었다.

당시 내가 있던 미국 동부에 폭설이 내려 하루가 멀다 하고 휴강이되고 있었다. 문제는 강의 대신 끝없이 밀려드는 과제였다. 우리는 약속이나 한 듯이 매일 같은 시각 도서관 2층에 도착했다. 누군가 매일

같이 옆자리에 앉는다면 당연히 신경 쓰이는 법이다. 그렇게 우리는 친해졌다. 당시 그녀는 학사 3학년, 난 석사 2학년이었다. 우리는 작고 밀폐된 공간에서 햇빛을 쐬며 어제 본 드라마 이야기를 나누거나 몰래 간식을 먹곤 했다. 그녀의 가방은 마치 보물 상자 같았다. 안에는 갖가지 서로 다른 모양과 색깔의 간식이 한가득 들어 있었다. 그녀와 가까워질수록 나는 알 수 있었다. 그녀는 매우 긍정적인 에너지를 내뿜는 사람이었다. 그저 옆자리에 앉아 각자 공부를 하고 있는 동안에도 그녀에게서는 기분 좋은 기운이 뿜어져 나와, 내 삶의 원동력이 되어주곤 했다.

반면, 때론 가볍게 알고 지내는 것으로 충분한 사람들이 있다. 서로에 대해 깊이 알 필요까지는 없는 사람들. 겉모습은 비옥한 땅처럼 보였으나 실은 척박하기 그지없어, 장미꽃 한 송이도 피우지 못하는 사람들 말이다.

타오타오는 그와 달리 나에게 후끈후끈 열기를 전해주는 사람이었다. 나는 타오타오 같은 사람이 좋다.

당시 그녀는 작은 바람을 가지고 있었다. 일종의 동문회를 만들어서 학교 안의 중화권 학생들과 양질의 정보를 공유하는 것이다. 작게는 학교 근처 마트나 식당의 소식부터, 크게는 미국 소재의 유학생과 관련된 정부 정책, 그리고 학교 행사나 학업에 관한 소식 같은 것들을 공유하는 것 말이다. 말로는 참 간단해 보였지만 막상 실행에 옮기려고 하니 어려운 일이 한두 가지가 아니었다. 하지만 그녀는 늘 넘치는 열정으로 세심한 주의를 기울여 작은 일부터 하나하나 해나갔다. 적극적으로 홍보하고, 선배들의 의견을 귀담아 듣고, 그 의견을 반영해 수정에 수정을 거듭했다. 내 기억 속의 그녀는 매사에 그만큼 열정이 넘쳤다. 당돌하면서도 친절했다. 그녀 옆에 있으면 왠지 공기에서부터 뜨거운 열기가 느껴지는 듯했다.

언젠가 그녀가 그 동문회 내에서 뉴욕의 주말 외식 시장을 공략하기 위한 '소수의 미식 정예부대'라는 프로젝트를 만든 적이 있다. 참여 인원과 식당 선정, 주차비 예산 설정, 대중교통 노선 안내, 숙소 및 만약의 사태를 위한 대비책까지 하나하나 그녀는 혼자서 준비했다. 무미건조한 방학 기간을 이렇게 효율적으로 보낸 것이다.

그런 행동력은 일상 속에서도 마찬가지였다. 한번은 갑자기 순두부찌개가 먹고 싶다며 나를 데리고 차로 한 시간가량 떨어져 있는 한국 식당까지 간 적이 있다. 원하는 것을 손에 넣은 그녀는 매우 만족한 상태로 곧장 도서관으로 돌아왔다. 그것은 일개 순두부찌개가 아니었다. 그것은 그녀의 열정적인 삶을 보여주는 한 단면이었다.

평범하고 나태한 삶 속에 빠져 있는 사람들은 너무나 쉽게 타성에 젖기 때문에, 열정의 온도를 아주 조금만 높여도 매 순간의 삶을 무가치하게 만들지 않을 수 있다. 그런 면에서 열정적인 사람과 어울리는 것은 내 열정의 온도를 뜨겁게 유지하기 위함이기도 하다.

◇◇

2년 전 겨울방학, 나는 오랫동안 꿈꿔오던 회사에서 면접 통보를 받았다. 뉴욕까지 버스로 4시간은 족히 걸렸기에, 나는 하이힐, 노트북 그

평범하고 나태한 삶 속에 빠져 있는 사람들은
너무나 쉽게 타성에 젖기 때문에,
열정의 온도를 아주 조금만 높여도 매 순간의 삶을
무가치하게 만들지 않을 수 있다.

리고 자료가 한가득 담긴 커다란 가방을 들고 이른 아침부터 찬바람을 맞으며 걸음을 재촉했다.

한 시간가량의 면접과 한 시간 반가량의 회사 프로젝트 참관을 마치고 나니 시간은 이미 정오가 넘어 있었다. 하지만 미처 돈을 넉넉히 챙겨오지 못한 나는 고픈 배를 움켜쥐고 추위를 피해 외투 깃만 여민 채 뉴욕 길거리를 하염없이 걸을 수밖에 없었다.

그러다 마침 핫도그를 파는 노점 앞을 지나게 되었다. 평소 햄버거나 핫도그 같은 고열량 음식을 즐기지 않았지만 당시에는 한참 동안 춥고 배고픔에 떨다 마주쳤기 때문에 그것만큼 먹음직스러워 보이는 것이 없었다. 내 몸은 마치 자석처럼 그 앞으로 다가갔다.

나는 그 노점상 앞에서 주섬주섬 잔돈을 꺼내 보았다. 하지만 아무리 뒤져도 1달러가 부족했다. 카드를 가지고는 있었지만 코앞에 핫도그가 보이는 이상 주변의 카페에서 커피와 케익 따위를 먹을 생각은 조금도 들지 않았다. 노점상 주인은 다른 손님들의 핫도그를 만드느라 나에게는 별 신경을 쓰지 않았다. 그때, 나처럼 핫도그를 사기 위해 줄을 서 있던 할아버지 한 분이 난처해하고 있는 내 모습을 봤는지, 자신의 핫도그를 받아든 다음 인자한 미소를 보이며 내게 물었다. "어느 걸로 먹을래요? 내가 사 줄게요."

그때 할아버지가 보여주신 일상적이지만 따스한 그 미소를 나는 아직도 잊지 못한다. 나는 더듬더듬 대답을 한 후 감사하다는 인사를 덧붙였다.

그날 낯선 사람에게 받은 핫도그는 내가 그 차디찬 빌딩숲에서 얻

포기하지 말자 인생이 아름다워진다

은 가장 뜨거운 온정이었다. 그날 이후, 친구들이 뉴욕의 지하철이 낡았다는 둥 도로가 번잡하다는 둥 투덜댈 때면 나는 마음속으로 되뇌곤 한다. '그렇지만은 않아. 얼마나 따뜻한 도시인데. 적어도 그 날의 나에게만큼은.'

열정이라는 것은 그러고 보면 삶을 대하는 전반적인 태도에 국한된 것이 아니라 선택의 순간에 우리가 보여주는 인간미일 수도 있을 것이다.

나는 지하철 입구에서 자신의 재주를 팔아 돈을 구걸하는 사람들이 보일 때마다 잠시 멈춰 서서 구경한 후, 반드시 얼마의 돈을 주고 자리를 뜬다. 길바닥에 앉아 아무런 구경거리도 없이 구걸하는 사람에 비하면 훨씬 노력하고 있는 거니까. 누구나 막다른 길에 몰리는 순간이 찾아올 수 있음을 알기 때문이다. 우리 마음속의 열정과 온기만큼은 이 도시 속에 침몰되지 않도록 지켜야 한다.

◇ ◇ ◇

나는 대학교에서 중문학을 전공했는데, 졸업 논문으로 스톄성史铁生의 작품에 대해 썼다. 훌륭한 문학 작품은 독특한 '향기'를 가지고 있다.

그는 다음과 같은 글을 쓴 적이 있다. "분명 누구나 언젠가는 사람들에게 환영 받지 못할 날도 오겠지요. 시시각각 존재하는 저 태양도 매일 한번은 반드시 저물듯이요. 하지만 태양이 춥고 어두운 서쪽 산 너머로 사라지는 시간이야말로, 곧 이글이글 타오르며 산봉우리에 올라 사방에 눈부신 아침 햇살을 비출 준비를 하는 시간이기도 합니다."

영원히 꺼지지 않는 그 열정만 있다면,
언제든 원하는 모습으로 살아갈 수 있을 테니까.

열정적으로 걸어온 삶은 설령 죽음을 향해 가고 있다는 것을 알면서도 조금의 두려움조차 없는 것이다. 길고 길었던 매 순간에 최선을 다해 뜨겁게 살았으니, 어찌 두려울 것이 있겠는가?

나는 그의 글을 읽으며 겨울밤의 서늘한 공기와, 달빛을 가린 밤안개와, 뜨거운 김이 모락모락 나는 포장마차와, 뭉게뭉게 피어오르는 하얀 구름을 떠올렸다. 그리고 인생이란 이토록 다채롭게 살아봄직하다는 것을 알게 되었다.

◇◇◇◇

최근 나는 다춘과 야오야오라고 하는 두 명의 친구를 알게 되었다.

그 둘은 모두 고향을 떠나 베이징에서 홀로서기를 시작한 지 얼마 되지 않은 상태였다. 매일같이 이른 아침부터 밤늦은 시간까지 일을 하고, 지친 몸을 이끌고 자취방에 돌아와 작가의 꿈을 이루기 위해 노력했다.

야오야오가 베이징으로 온 것은 매우 즉흥적인 결정이었다고 한다. 당시 출간 계약을 할 일이 생겨 홀로 베이징 땅을 밟은 그녀는 화려한 이 도시가 금세 좋아져 버린 것이다. 다시 고향에 돌아간 지 얼마 되지 않아 한 살이라도 젊을 때 도전해 보자고 마음먹기에 이르렀다. 그 즉시 그녀는 베이징에 일자리를 구하고, 부모님을 설득하고, 비행기 표를 사서 날아와 버렸다. 모든 과정을 일사천리로 해치운 그녀의 행동력은 실로 놀라울 정도였다.

다춘은 남자친구와 헤어진 지 얼마 되지 않은 상태였다. 장거리 연애가 오래되다 보니 결국 서로를 위해 각자의 길을 가는 게 낫겠다는 판단에서였다. 모든 사람들이 내가 원하는 길을 함께 가줄 수 있는 것은 아니다. 처음 얼마간은 함께 하던 이들도 언젠가는 이별을 고하는 순간이 오고야 만다. 하지만 한때나마 그의 마음은 진실했기에, 뒤돌아 눈물을 삼키더라도 떠나는 순간에는 웃으며 손을 흔들어줘야 한다.

얼마 전, 야오야오가 쓴 글을 보았다. 제목은 '나는 두 손 가득 꿈을 그리는 사람'이었다. 그녀는 월급날이 되어 기쁜 마음으로 평소 좋아하던 네일 아트를 받으러 갔다고 한다. 한 시간쯤 걸려 화려하게 변한 자신의 손톱을 보고, 그녀는 마치 마법이 일어난 것만 같은 기분을 느꼈다는 내용이다. 글 속에 생생하게 그려진 그 날의 달콤함과 사랑스러움은 보는 사람마저도 기분 좋게 만들었다.

어디서 사는지, 장소 따위는 조금도 중요치 않다. 중요한 것은 살아가는 태도이다. 우리는 세상살이가 조금은 더 따스했으면 하고 바란다. 하지만 우리의 기대만큼 따스한 온기가 느껴지지 않을 때, 내가 먼저 온기를 전해줄 수는 없을까? 끝이 보이지 않을 만큼 넓디넓은 이 꿈의 도시에 불이 하나둘 켜지기 시작하는 순간을 홀로 바라보다가, 문득 그 수많은 가로등 중 어느 것 하나 나만을 위해 밝혀주지 않는다는 생각이 들 때가 있다. 그런 순간에도 여전히 용감하게 스스로 내면의 불을 밝힐 순 없을까? 열정적인 삶이란 그 어느 곳에서도 어색함이나 불편함 없이 자신만의 즐거움을 찾아 즐길 줄 아는 삶이다. 그런 삶을 사는 사람이라면 언젠가 반드시 꽃이 만개할 것임을 나는 믿고 있다.

나는 야오야오와 다춘 같은 이런 친구들이 좋다. 자신의 삶을 용기 있게 개척하고, 용기 있게 책임지는 그런 사람들 말이다. 우리 내면의 생명력과 행동력을 마음껏 발휘해 살아간다는 것은 매우 중요한 일이다. 젊은 시절에 열정적으로 생각하고 행동하지 않는다면 아마도 많은 꿈들이 시기를 놓쳐 버릴지도 모른다. 인간이란 성장을 두려워하지 말고, 성장하는 과정 속에서 밝고 따뜻한 기운을 놓치지 말아야 한다. 그것은 상아탑에서든 속세에서든 마찬가지이다.

그러니, 열정적인 삶을 사는 사람이 되자. 영원히 꺼지지 않는 그 열정만 있다면, 언제든 자신이 원하는 모습으로 살아갈 수 있을 테니까.

대학 4년,
위대한 변화의 시기

린샤싸모

배낭을 짊어지고 오랫동안 꿈꿔왔던 곳으로 떠나 보자.
4년간의 시간을 가장 격정적인 청춘으로 만들어,
인생 속 가장 선명하고 화려한 장면으로 남겨두자.

◇

한때 웹상에서 대학교에 갓 입학했을 때의 사진과 졸업 사진을 나란히
올리는 것이 유행한 적이 있었다. 사람들은 그 비교사진을 보고는 모
두 깜짝 놀라며 말했다. 대학교야말로 가장 훌륭한 성형외과였군요!
4년간의 대학 생활을 보낸 사람들은 모두들 더욱 세련되고 보기 좋게
변해 있었다. 이목구비부터 머리 모양, 옷과 화장 스타일까지 전부 비
약적인 발전을 보이며 그야말로 환골탈태한 것이다.

하지만 진정으로 위대한 변화는 외적인 성장이 아니라 내면의 단련이었다.

나의 대학시절 이야기를 해 보겠다.

나의 친구 아제는 고교 시절 매우 내성적이고 수줍음이 많은 아이였다. 학교에서도 종일 말 한 마디 하지 않는 것은 물론이고, 가끔 수업 중에 선생님의 질문을 받아도 꼭 잠자리가 날갯짓하는 것처럼 기어들어가는 목소리로 겨우 입을 열었다. 그는 좀처럼 친구들과 어울리지도 않고, 언제나 조용히 자리에 앉아 고개를 파묻고 책만 보고 있었다. 그런 그에게는 독특한 점이 하나 있었는데, 여자들과 이야기할 때면 유독 얼굴이 귀까지 빨갛게 달아오른다는 것이었다. 이 때문에 남자아이들의 놀림감이 되곤 했다. 그래서 반드시 필요한 경우가 아니면 그는 여자들과 말을 섞지 않았다.

고등학교 졸업 후 각자 다른 대학교에 진학한 우리는 그렇게 연락이 끊겼다.

대학교 3학년 여름방학, 한 친구의 생일 파티에서 그를 다시 만났다.

멀찌감치 떨어진 곳 어딘가에 사람들이 모여 있는데, 누군가가 자신감 넘치는 목소리로 대화를 주도하고 있었기에 나는 내심 그게 누군지 궁금하던 차였다. 가까이 다가가 보니, 그는 바로 아제였다. 그 순간 얼마나 놀랐는지 모른다. 그는 완전히 다른 사람이 되어 있었다. 성격이 당차고 쾌활해진 것뿐만이 아니라 외모까지 '업그레이드'된 것이다. 고등학생 시절에는 늘 촌스러운 옷으로 중무장을 하고 다니던 그가, 지금은 머리끝부터 발끝까지 패션 잡지에서 갓 튀어나온 듯한 모습을 하고 있었다.

나는 그의 주변에 사람들이 사라지길 기다렸다가 겨우 다가가 말을 걸었다. "너 정말 많이 변했다. 환골탈태가 따로 없네. 대학교에 가더니 많이 좋아 보인다."

아제는 활짝 웃으며 대답했다. "맞아. 사실 첫 학기 때만 해도 소심해서 기숙사 친구들하고만 어울렸었는데, 점점 이대로는 안 되겠다는 생각이 들더라고. 그래서 남들 앞에 나서는 동아리를 찾아 다녔어. 토론회나 학생회 같은 거 말이야. 그렇게 1년쯤 보내며 소심하고 음울하다는 꼬리표를 떼어 버리는 데 성공했지."

이쯤에서 생각나는 사람이 한 명 더 있다. 와와는 대학 시절 나와 같은 기숙사 건물에 살던 학생이었다. 내가 그녀에 대해 아는 거라곤 이름과 전공, 학년뿐이었지만 긴 머리에 책가방을 메고 자전거에 올라타 교정을 바쁘게 누비던 모습만큼은 인상 깊게 남아 있었다.

작년 8월, 베이징에서 직장을 다니고 있는 대학 동기 탄이 출장을 가던 차에, 내가 있는 상하이에 들러 함께 식사를 한 적이 있다. 우리는 밥을 먹으며 소위 잘 나가는 친구들의 근황에 대해 이야기를 나눴는데, 탄이 와와에 대한 이야기를 해주었다.

와와는 대학교를 우수한 성적으로 졸업한 후 미국 펜실베이니아 대학교에서 교육학 석사 과정을 밟았다고 한다. 그러다 석사 2학년일 때 박사 1학년 선배와 함께 창업을 했는데, 바로 국내에서 유학을 준비하는 학생들을 해외 소재의 유학생들과 곧바로 연결해주는 유학 대리 신청 플랫폼이었다. 그 플랫폼을 통해 유학을 원하는 학생들은 자신에게 꼭 맞는 맞춤형 방안을 얻을 수 있어서 현재 인기가 상당히 많았다. 또한 그녀는 직접 영어 듣기와 말하기 교재도 만들었는데, 평가가 상당히 좋아서 팬들이 생겼을 정도였다. 펜실베이니아에서 석사 과정을 마치고 돌아온 그녀는 곧장 두 번째 회사를 열고, 지금은 항저우에서 영어 회화 학습 어플리케이션을 개발 중이라고 한다.

탄이 말했다. "막 대학교에 입학했을 때 우리는 모두 동일한 출발선에 서 있는 듯 보였는데, 고작 몇 년 만에 와와는 보이지도 않을 만큼 멀리 앞서 나간 기분이야. 누구는 피곤한 직장인으로 살면서 매월 고작 몇천 위안의 월급으로 아등바등 사는데, 누구는 해외 명문대 출신의 젊은 CEO가 되어 있고 말이야. 왜 이렇게 차이가 나는 걸까? 그 아인 도대체 뭐가 달랐던 거지?"

나는 입 안에 있던 음식물을 얼른 삼키고 어쩌면 탄이 듣고 싶지 않을 대답을 했다. "조금 놀랍긴 하지만, 전혀 이상하진 않은데? 와와가 그 시절 남들 놀 때 공부하고, 종일 도서관에 틀어박혀 책을 보고, 미친 듯이 GRE Graduate Record Examination, 미국 대학원 입학시험 - 옮긴이를 준비할 때, 우린 숙소 침대에 누워 채팅을 하거나 미국 드라마나 보고 낮잠만 잤잖아. 하하…."

비록 와와하고 개인적인 친분이 있던 것은 아니지만, 그녀가 대학 시절 얼마나 열심히 공부했으며 얼마나 뛰어났는지는 익히 들어 알고 있었다. 그녀는 시험 성적도 높고 등수도 늘 다섯 손가락 안에 꼽힐 정도였다. GRE 성적 또한 만점에 가까웠으며, 대학교 3학년 때는 인터

성과는 늘 우리가 들이는
노력에 정비례한다.

넷 사이트 인인망에 자신의 영어 공부 비결을 올리기도 했다.

특수한 상황이 아닌 이상, 성과는 늘 우리가 들이는 노력에 정비례한다.

대학 4년, 그러니까 장장 1460일간의 시간을 온통 잠을 자는 데 써 버린다거나 허투루 흘려보낸다면 졸업할 때 얻을 수 있는 거라곤 늘어난 지방과 이미 멈춰 버린 두뇌 그리고 바람 빠진 의욕뿐일 것이다. 최악의 경우 학위를 받을 수 있을지조차 불확실하다. 또한 대학 4년을 몇백 병의 맥주와 몇천 번의 게임, 세 달에 한 번 꼴로 상대를 갈아치우는 연애로 채운다면 마지막에 남는 것이 저질 체력과 바닥난 의지력 그리고 공허한 마음임은 당연한 결과이다.

물론 학업 외에도 대학 4년간 선택할 수 있는 일은 얼마든지 있다. 한두 개의 좋아하는 동아리 활동을 한다든지, 두세 번쯤 장학금을 받는다든지, 서너 개의 자격증을 딴다든지, 명 강의를 찾아 듣는다든지, 백 권의 고전을 읽는다든지, 부전공을 정한다든지 말이다. 4년간의 대학 생활 동안 풍부한 학식을 쌓고 지식을 갖추는 것은 자신이 그리는 미래에 한층 더 가까이 다가갈 수 있는 지름길이다.

뿐만이 아니다. 아르바이트로 자립심을 키우거나, 너무 자유분방하지도 않고 그렇다고 당장 결혼이라도 할 것처럼 서로를 구속하지도 않는 편안한 연애를 해 볼 수도 있다. 허심탄회하게 서로의 마음을 터놓고 지낼 수 있는 진정한 친구를 만들 수도 있고, 그 친구들과 함께 커다란 배낭을 메고 오랫동안 꿈꿔 왔던 곳에 훌쩍 여행을 떠나는 것도 해봄직하다. 그것들은 모두 먼 훗날 따스한 햇볕 아래 흔들의자에 앉

포기하지 말자 인생이 아름다워진다

아, 손주들에게 말해줄 수 있는 모험담이 되어줄 것이다. 이처럼 우리는 대학 4년간의 시간을 인생 중 가장 격정적인 청춘으로 만들어, 인생 속에서 가장 선명하고 화려한 명장면으로 남겨둘 수 있다.

비록 인생이라는 이 달리기에서, 운명이라는 출발선이 모두에게 공평하게 주어지는 것은 아니다. 하지만 매 단계마다 공평하게 주어지는 순간은 반드시 있다. 그때 어떤 것을 선택하느냐에 따라 성취할 수 있는 것도 다르다. 시간을 어디에 사용하느냐에 따라 시간이 우리에게 돌려주는 것 또한 달라진다. 관념이 행동을 좌우하고, 투자가 생산을 결정한다. 마지막 결과는 모두 선택과 행동으로 인해 도출된다. 마치 수많은 영화들의 결말은 처음부터 다양한 복선에 의해 이미 보이고 있듯이 말이다. 단지 알아채기 어려울 뿐.

◇◇

L 역시 나의 고등학교 동창이다. 고등학교 졸업 후 우리는 서로 다른 도시에서 대학교를 다녔다. 그동안 그는 내게 여러 번 연락을 해왔는데, 매번 돈을 빌리기 위해서였다. 보통 몇백 위안으로 그리 큰 액수는 아니었지만 갚을 때도 있고 갚지 않을 때도 있었다. 당시에는 대수롭지 않게 생각했다. 나도 때론 집에서 받은 생활비를 초과해서 사용한 후 생활이 잠시 궁핍해지면 친구들에게 조금씩 빌리기도 했으니 말이다. 하물며 옛 친구가 급한 사정이 있다는데 도와주는 것은 당연했다.

그러던 어느 겨울, 새해가 되어 고향에 돌아간 나는 한 PC방 앞에서 우연히 L을 마주쳤다. 그는 나를 보자마자 재빨리 다가와 간단한 인사

말을 나누자마자 곧장 본론을 꺼냈다. "지금 돈 좀 있니? 내가 밥을 못 먹어서…."

"지갑을 가지고 나오지 않아서 당장은 60위안뿐인데. 이거면 충분해?" 내가 대답했다.

그러자 그는 살짝 마뜩잖은 표정을 지으며 말했다. "충분해. 나중에 갚을게. 미안하다, 너한테 연락할 때마다 돈 빌려달라는 말뿐이라서."

"괜찮아, 큰돈도 아닌데 뭐."

잠시 후 도망치듯 PC방 안으로 들어가는 그의 뒷모습이 보였다. 그 모습을 보자 나는 어쩐지 마음이 쓰렸다. 사실 물어보고 싶었다. 연초부터 왜 집에 들어가지 않고 있는 건지. 왜 밥 먹을 돈조차 없는 건지. 왜 옷도 안 갈아입은 사람처럼 후줄근한 건지. 왜 그 지경이 된 건지….

다음 날은 때마침 고교 동창회가 있는 날이었다. 식사를 하던 중 L의 이름이 나왔다. 나는 어제 그를 우연히 마주쳤다고 말했다. "인터넷 게임에라도 빠진 걸까? 별로 잘 지내는 것 같아 보이진 않더라. 예전하고 많이 달라졌어."

내 말이 끝나기가 무섭게 Y가 말했다. "혹시 너한테 돈 빌려달라고 하지 않았어? 절대 빌려주지 마. 이미 여기 있는 사람 전부에게 한 번씩은 빌렸을걸. 하지만 갚은 적은 별로 없어. 진짜 상황이 어려운 거라면 다소간의 돈쯤은 빌려줄 수도 있어. 친구니 도와주는 게 당연하지. 하지만 L은 이미 우리가 알던 그 순박하고 성실한 애가 아니야. 대학교에 입학한 후 얼마 되지 않아 그렇게 변했대. 흡연에, 싸움에, 사창

포기하지 말자 인생이 아름다워진다

가에 다니며 허세나 부리고 말이야. 지금까지 학교 매점에서 빌린 것만 해도 몇천 위안은 된대. 그러다 다단계에까지 빠져서 주변 사람들을 끌어들이고 있나 봐. 이젠 부모님도 손 쓸 방법이 없다더라."

　그날의 식사자리는 모두에게 매우 불편한 자리가 되었다. 우리로서는 L이 대학교에서 무슨 일 때문에 그러한 심리 변화를 겪게 되었는지 알 길이 없었다. 그저 예전에 좋은 친구였던 그가 그런 잘못된 길로 들어선 것이 안타까울 뿐이었다.

◇ ◇ ◇

나는 대학교가 사회로 나가기 전 거치는 '예비 훈련소' 같은 곳이라고 생각한다. 이곳에서 우리는 자신의 신체와 지성을 단련시키는 과정을 거친다. 찬란하게 빛나는 청춘들의 뜨거운 피와 호르몬이 한데 섞여 있는 곳, 또한 처음으로 부모님의 품을 떠나 홀로 비상하기 시작하는 그곳에서 우리는 재미와, 유혹과, 경쟁과, 격려와, 때론 좌절도 겪어나간다. 그렇게 4년이 지나면 누군가는 부쩍 성장하고, 누군가는 못 알아볼 정도로 변해 있을 것이며, 또 누군가는 뒤처져 주저앉아 있을지도 모른다.

　무협 소설을 좋아하는 사람이라면 다 알고 있을 것이다. 진융이나 구룽 등의 작가가 쓴 작품에서 협객의 무공이 일정 수준에 다다르면, 자기 자신을 뛰어넘기 위해 '폐관 수행무술을 배우는 사람들 중 어느 한 특정 지역에 머물러 모든 연락 수단을 끊은 뒤 수련하는 행위 - 옮긴이'에 돌입한다. 장삼풍張三丰, 태극권 및 도교 무당파의 내가권內家拳을 창시한 인물 - 옮긴이 역시 이런 식으로 태극검과 태극권을 연마했으며, 달마_{중국 남북조시대에 중국 선종禪宗을 창시한 인물 - 옮긴이} 또한 이 방법으로 대도大道를 깨우쳤다고 알려져 있다.

이와 마찬가지로 현실 속의 우리는 가오카오라고 하는 대학수학능력시험에 다다른 후 일종의 정체기에 돌입하는데, 바로 이 시기에 많은 사람들이 투지를 잃게 된다. 그러므로 우리는 4년간의 대학 생활을 일종의 '폐관 수행'으로 삼아, 심신을 수양하고 지식을 확장하며 내공과 외공 모두를 단련하는 것에 몰두해야 한다. 그렇게 끊임없이 자아를 발전시킴과 동시에 위험한 유혹에 넘어가지 않을 수 있는 저항력을 키우는 것이다.

만약 자신의 대학 생활을 이러한 변화의 시기라고 생각한다면, 그리고 4년 후 더욱 새롭고 우수하게 발전한 자신과 해후하기를 원한다면, 바로 지금부터 자신의 대학 생활을 소중히 여겨야 한다. 온전히 자신만의 화려하고 위대한 변화를 만들어나가야 한다.

당신의 문제는 생각이
너무 많다는 데 있다

현실에 충실하며, 너무 많은 생각에 빠지지 않고,
과도하게 고민하지 않는다는 것,
미래를 향한 하루하루를 기꺼이 즐길 줄 안다는 것.

친구 하나가 최근 고민이 부쩍 많아 보였다. 그는 곧 대학교를 졸업하
고 사회에 발을 들여놓을 예정이었다. 나는 조금 의아했다. 그가 현재
고민하고 있는 것이 눈앞의 현실과 별 상관이 없어 보였기 때문이다.
조만간 학생 신분을 벗게 되니만큼 만약 고민이 있다면 사회생활이나
업무에 대한 고민을 하는 것이 마땅하다고 생각했다.

하지만 그의 고민이란 것은 앞으로 생활 터전으로 삼아야 하는 도시
의 집값이 터무니없이 비싸다는 것이었다. 그곳에서 언제 집을 살 수

있을지도 모르면서 그런 고민을 하다니. 나는 그 고민이 너무도 터무니없어 웃음이 다 나왔다. 이는 마치 이제 막 걸음을 떼기 시작한 아기가 저 멀리 날아가는 나비를 잡기 위해 뛰어가려는 것과 같지 않은가.

물론 그의 이런 고민에 약간은 공감한다. 우리에게도 한 번쯤은 그와 같은 허망함에 빠진 청춘이 있었으니까. 누구나 생각이 너무 많아 발걸음조차 떼지 못하는 날들이 있었을 것이다. 마치 그만큼 생각하지 않으면 크게 타락하기라도 한 것처럼.

늘 생각이 많은 사람들은 언제나 마음속에 밤낮없이 히히힝거리는 말 한 마리가 사는 것처럼 느낀다. 그래서 종일 불안함에 밥도 안 넘어가고, 잠자리도 불편하다. 하지만, 그 파릇파릇한 청춘의 세월을 지나온 후, 다시 돌이켜보면 당시 눈앞의 현실보다도 더 걱정했던 그것들은 사실 일어나지도 않은 미래였다는 사실을 깨닫게 된다.

나는 한 친구 덕분에 이 사실을 확실히 알게 되었다.

대학교 시절, 나는 누구나 그렇듯이 의욕이 과도하게 넘쳐흐르는 상태였다. 입학하자마자 온갖 동아리에는 다 참여하고, 일찌감치 인턴 자리를 찾기 시작하는 등 이곳저곳을 들쑤시고 다녔다. 들리는 소문에 의하면 선배들의 취업 상황이 낙관적이지만은 않다고, 아마도 우리가 취업할 즈음에는 더욱 어려워질 거라고 했다. 이는 매해 졸업생들이 맞닥뜨리는 가장 진실하고도 가장 걱정스러운 '거짓말'이었다. 하지만 그 말을 들은 우리는 생각이 많아질 수밖에 없었다. 사람들은 어느새 어깨 위에 '취업, 결혼, 내 집 장만'이라는 세 개의 커다란 산을 짊어지고 힘겹게 살아가고 있었다.

다행히도 어디나 의외의 인물이 있기 마련이다. 우리들과 조금 다른 리듬으로 사는 사람들 말이다. 그들은 마치 머지않은 미래에 우리로 하여금 정신을 바짝 차리고 살게 하기 위해 존재하는 본보기 같은 존재이다. 양즈가 바로 그런 사람이었다. 그는 무척 어려운 형편의 가정에서 자랐다. 형제가 셋 있었는데, 모두 학교에 다닐 나이어서 부모님이 느끼는 부담도 상당했을 것이다. 그래서 양즈는 자신이 번 돈으로 대학교에 진학해, 학비와 생활비 모두 스스로 충당했다.

여기까지만 보면 그가 매우 진취적이고 의욕적인 성격으로 보일 것이다. 하지만 우리가 본 양즈는 절대 그런 사람이 아니었다. 오히려 너무도 '유유자적'한 사람이었다. 마치 걱정이라고는 조금도 없는 사람처럼 말이다.

그는 매일 새벽과 저녁 시간에 자신의 낡은 자전거를 타고 숙소에 우유 배달을 하는데, 늘 미소 띤 얼굴로 휘파람을 불며 그렇게 유유자적할 수가 없었다. 가끔 길거리에서 아는 사람을 만나면 잠시 멈춰 서서 인사를 나누고 장난을 치기도 했다. 그가 하는 아르바이트가 우유 배달만 있는 것도 아닐뿐더러 전부 사람들의 눈에 잘 띄는 일들이기 때문에 다들 그를 알고 있었다. 그러나 그는 좀처럼 결석도 하지 않고 중요 활동에 불참하는 일도 없었다.

또한 양즈는 정의감이 넘치고 남을 도와주기 좋아하는 성격이었다. 한번은 같은 과에 그와 같이 가정 형편이 어려운 친구 하나가 학자금 대출을 제때 받지 못해 쩔쩔매고 있었다. 그 모습을 본 양즈는 그에게 몇천 위안을 선뜻 빌려주었다. 이에 우리처럼 매달 부모님께 손을 벌리고도 한 푼도 모으지 못한 빈털터리들은 크게 놀랄 수밖에 없었다. 자급자족하고 있는 그조차 그 많은 돈을 모아두었는데 하면서.

이토록 정의감과 열정이 넘치는 양즈의 교우관계는 당연히 좋았다. 하지만 그가 천하 태평할수록 주변 친구들은 더욱 걱정이 되었다. "뭘 믿고 이렇게 태평한 거야? 네 형편이면 미래에 대해 더 고민해야 하는 거 아니야?", "그래, 알아. 너 생활력 강한 아이인 거 다 안다고. 하지만 그게 무슨 소용이야? 우유 배달만 하면 좋은 직장이 나오니?" 그렇게 친구들은 자기 말만 해댔다. 누군가는 그에게 눈앞의 작은 소득 때문에 더욱 중요한 미래 계획을 포기하지 말라고 충고하고, 또 누군가는 적당히 수업을 빠지고 자신을 위해 충전하라고 충고했다. 성적이 좋다고 반드시 좋은 직장을 찾는 건 아니니, 경험을 쌓는 것이 더 중요하다면서 말이다.

대부분의 충고가 말하고자 하는 바는 단 하나였다. 양즈가 이토록 태평하게 지내는 것은 굉장히 무책임한 것이라는 주장이었다. 양즈는 그럴 때마다 늘 웃기만 했다. 미래는 피할 수 없는데 벌써부터 그렇게 많은 것을 생각해서 뭐하냐는 뜻이었다. 일자리와 돈은 언젠가는 반드시 생기겠지만, 현재의 고생은 미래에도 경험할 기회가 온다고 단언할 수 없다고 했다. 그러니 현재의 삶에 절로 휘파람이 나올 정도로 즐겁다고 했다.

친구들은 고개를 절레절레 흔들며, 각자 미래를 위해 해야 할 일과 하지 말아야 할 일에 대한 고민으로 돌아갔다. 모두의 얼굴에 근심이 내려앉았다. 너무 깊이 생각하지 않으려 해도 그럴 수 없었다. 이 때문

포기하지 말자 인생이 아름다워진다

폭풍우는 반드시 지나간다.
그런데 왜 당장의 즐거움을 포기하는가?

에 공부하는 것도 노는 것도 제대로 집중하지 못할 지경이었다.

졸업 시즌이 되자 저마다 양복에 가죽 구두를 멀끔하게 차려 입은 대학생들이 채용 박람회에 한가득 모여, 잠 못 들며 뒤척이던 지난 대학 4년간의 밤들로 감독관들을 감동시키기 위해 필사적으로 애쓰고 있었다. 양즈 역시 다른 친구들과 마찬가지로 이력서를 내고, 면접을 보았다. 여전히 이 모든 일들이 신난다는 듯 즐거운 얼굴을 하고서 말이다. 또한 그는 구직활동 이외의 시간에 대학 창업 프로젝트까지 준비하고 있었다.

그의 프로젝트는 대학교의 각 기숙사 방까지 생수를 배달해주는 것이었다. 우수한 수질에 저렴한 가격으로 말이다. 다행히도 그는 다년간의 우유 배달 경험을 가지고 있었다. 이 덕분에 배달 기술에 상당한 노하우가 있을 뿐만 아니라 경비원 아저씨 아주머니들과도 친분이 두터워 정보를 수집하는 데도 유리했다.

아무튼 당시 우리는 면접 자리를 돌아다니며 일자리가 마음에 들든 안 들든 새로운 삶의 방향을 모색하고 있었다. 과거에 그렇게도 걱정했던 '졸업 하는 즉시 백수' 신세나 '니트족일하지 않고 일할 의지도 없는 청년 무직자-옮긴이'은 다행히도 면할 수 있을 것 같았기 때문이다.

돌아보면 그 해 양즈가 우리보다 월등히 뛰어난 것도 아니었다. 그 후 우리보다 돈을 더 많이 번 것 역시 아니다. 다만 그는 우리보다 훨씬 먼저 알고 있었다. 눈앞의 현실을 즐겨야 한다는 것을. 이 세상은 매일 즐길 거리로 가득 차 있다는 사실을 말이다. 반면 우리는 너무 앞서 나가는 마음에 현실의 보폭을 맞추느라 아쉽게도 너무 많은 풍경들

포기하지 말자 인생이 아름다워진다

을 놓치고 지나와 버렸다.

나는 가끔 양즈를 떠올릴 때면 영화 〈피아니스트의 전설〉의 주인공이 함께 떠오른다. 그 둘은 매우 닮은 구석이 있다. 현실에 충실하며, 너무 많은 생각에 빠지지 않고, 과도하게 고민하지 않는다는 것, 그래서 미래를 향한 하루하루를 기꺼이 즐길 줄 아는 점이 그렇다.

이 영화를 다시 꺼내볼 때마다 어김없이 내 가슴을 떨리게 하는 장면이 있다. 폭풍우를 만나 배가 흔들리기 시작하자 사람들은 크게 당황하며 어쩔 줄을 모르고 우왕좌왕하는데, 피아니스트는 연회장에서 제멋대로 피아노에 앉아, 아무렇지도 않은 듯 우아하게 연주를 시작한다. 그 피아노 소리는 아름답고, 피아니스트의 자태 또한 우아하고 멋스러웠다. 그는 연주를 즐기고 있다. 그는 그렇게 마음껏 즐기는 모습으로 사람들에게 말해주고 있는 듯하다. 폭풍우는 반드시 지나갈 거라고. 그런데 왜 당장의 즐거움을 포기하는 거냐고.

이 열정적인 피아니스트는 극중에서 다음과 같이 말한다. 육지의 사람들은 왜 그리 많은 것을 궁금해하는지 모르겠다고. 왜 여름이 가면 겨울이 오는지, 겨울은 왜 또 그리 추운지···. 쓸데없는 궁금증 때문에 그렇게 봄을 찾아 떠도나 보다고.

지금 이 순간에만 가능한 일이 있다. 미리 걱정한다고 해서 반드시 피할 수 있는 것도 아니며, 생각이 많다고 해서 더 좋은 미래를 얻을 수 있으리란 보장도 없다. 오히려 현재를 잃어버리기 더욱 쉬울 뿐이다. 20대 초반은 어른의 삶이 시작되기 전 과도기이다. 이 시기에는 삶에 대해 과도하게 많은 준비를 하지 않아도 괜찮다. 당장 눈앞의 좋

만약 시간을 거꾸로 돌릴 수 있다면,
많은 사람들은 바로 지금 이 순간을
다시 한 번 살길 원할 것이다.

은 시기를 최선을 다해 즐기는 것만으로도 충분한 것이다. 생각이 많다는 것은 자신의 발목을 잡을 족쇄만 더 많아진다는 뜻이 될 수 있다.

우리 모두의 미래는 소홀히 흘려보내지 않은 현재가 모여 완성되는 것이며, 현재의 길 위에서 한 걸음씩 가까워지는 것이다. 만약 시간을 거꾸로 돌릴 수 있다면, 많은 사람들은 바로 지금 이 순간을 다시 한 번 살길 원할 것이다. 그러니 꿈을 꾸어야 할 시기를 지나치게 앞선 고민으로 채우지 말고, 진정한 현실을 살아야 할 날이 오면 그 때의 현실을 꿈처럼 살아내면 어떨까.

무기력함을 견디는 것은, 더 나은 출발을 위함이다

샤쑤모

_____

청춘을 되돌리기에는 너무 늦었다고 생각한 나머지,

번뜩이는 눈망울을 가리고,

가슴 속에 사는 새들의 날개를 꺾고,

사람들의 눈치만 보며 발걸음을 서두른다.

자칫 잘못하다가는 낙오될지도 모른다는 두려움에 떨면서 말이다

_____

나는 한때 내 업무를 증오한 적이 있었다. 내 업무는 평생 경쟁을 부추기는 일이었다.

5월의 어느 날, 나는 하반기 작업 계획을 세우고 있었다.

10월이 되면 우리 부서는 늘 각종 보고서를 준비하느라 늘 업무 초과 상태가 된다. 매년 10월 말, 연말 국정감사 시즌이 되어 야근을 할 때면 나는 늘 악몽을 꾼다. 내 방 달력의 숫자가 점점 커지더니 벽에서 떨어져 나에게 덮쳐오는 꿈이다. 그러면 난 머리를 긁적이며 일어나

포기하지 말자 인생이 아름다워진다

하품을 쩍 한다.

그러한 극도의 피곤함 탓인지 내 안에는 늘 부정적 정서가 가득한 짐승 한 마리가 살고 있었다. 어디서 무엇을 보아도 좀처럼 눈에 차지 않았고, 지극히 정상적인 날씨의 변화마저 나의 어수선한 마음에 비수가 되어 꽂혔다.

5월의 그 날도 우중충한 날씨였다. 친구의 문자가 도착했다. '문묘 7번 포장마차, 얼른 나와!'

퇴근 후 서둘러 가 보니, 각종 꼬치가 이미 잔뜩 차려져 있는 그곳에는 떠들썩한 한 무리의 사람들이 모여 있었다. 나는 그 분위기에 잠시 당황하다 입을 열었다. "오늘 무슨 날이야? 왜 이렇게 모여 있어?"

"언니, 모르셨어요? 이 가게 신쿤이 개업한 거잖아요." 입 안에 양꼬치를 채 다 삼키지도 못한 단리가 대답해주었다.

"와, 그럼 우리 이제부터 평생 꼬치 걱정은 하지 않고 살 수 있겠구나. 외모지상주의 시대에 성격만 보고 네 친구를 해줬던 우리가 단골 손님 해 줄게. 정말 잘 됐다!"

나는 사람들 틈에 끼어 앉았다. 저쪽에서 손님들을 맞이하고 있는 신쿤의 활짝 웃는 얼굴 위로 주름이 생겼다. 문득 고등학교 여름방학 때도 다 함께 이런 와자지껄한 일일 포장마차를 열었던 것이 떠올랐다. 그때 신쿤은 꼬치집 사장이 되는 것이 일생일대의 소원이라고 했다. 고기도 잔뜩 먹고, 술도 잔뜩 마시고, 바로 옆 나무에 매달아 놓은 하와이풍 해먹에 누워 여자 손님들도 구경하겠다고 말이다. 단리는 가게 한쪽에 다리를 꼬고 요염하게 앉아 이야기를 들려주는 사람이 되고 싶다고 말했다. 뤄뤄는 싼마오三毛, 유명한 만화가 장러핑 작가의 작품 '싼마오 유랑기' 속 주인공 – 옮긴이와 같은 삶을 살고 싶다고 했다. 산 넘고 물 건너 동이 틀 때까지 자유롭게 유랑하는 삶 말이다. 루제는 그런 우리를 비웃으며 말했다. 남들과 똑같은 삶을 사는 게 뭐가 좋으냐고. 그 누구도 가지 않은 길을 가는 것이 인생의 진리라고.

시간은 흘러, 그 시절 실없는 농담을 주고받던 우리는 어느새 저마다 삶의 궤도에서 힘차게 나아가고 있는 나이가 되었다. 지난 5년이란 시간 동안 신쥔은 학원을 운영하는 원장이 되었고, 단리는 여행사 가이드가 되었고, 뤄뤄는 초등학교 선생님이 되었으며, 루제는 칭다오에서 군인 생활을 하게 되었다. 그리고 나는 읍사무소에서 일하는 평범한 사무직원이다. 이렇게 끝이 뻔히 보이는 평범한 인생으로 평탄하게 살 줄로만 알았는데, 지금 신쥔이 그 평화로움을 깨부순 것이다. 이에 다른 사람이 어떻게 느끼는지는 잘 모르겠지만, 나는 매우 강한 부러움과 질투까지 느껴졌다.

집으로 돌아와 물을 마시며, 나는 뻐끔뻐끔 물방울을 내뱉는 나비물고기 한 마리를 물끄러미 바라보았다. 커다란 어항 속 물고기들 사이에서 그 녀석만 홀로 조금도 서두르지 않고 유유자적하게 노니는 자태가 매우 행복해 보였다. 나는 다 마신 물컵을 식탁 위에 올려두고, 물고기 먹이를 꺼내 나비물고기의 머리 위로 조금씩 떨어뜨렸다. 어항 속의 물고기들이 재빨리 모여들어 먹이를 먹어치웠다. 그래서 나는 특별히 그 나비물고기만을 위해 먹이를 조금 더 떨어뜨려주었다. 그 녀석은 느릿느릿 와서 겨우 하나를 받아먹더니, 또 다시 거만한 자태로

헤엄쳐 떠났다. 그 녀석에게 쏟아져 들어오는 먹이란 어쩌다 마주치는 장면에 불과한 것 같았다. 나는 그 굼뜬 행동에 웃음이 났다. 하지만 그 녀석은 내가 그러거나 말거나 하던 일을 계속했다. 그 모습은 마치 내게 이렇게 말하는 것 같았다. "잘난 척하지 마. 네가 생각하는 것보다 나는 더 많은 일을 하고 있다고."

우리는 종종 노후를 걱정하다가 당장의 삶이 주는 선물을 소홀히 하곤 한다. 그러다 뽀얗게 쌓인 먼지를 털어내고 다시금 과거를 돌이켜 볼 날이 되면, 그 모습은 이미 희미해져 있을 것이다.

1827년, 영국의 식물학자 로버트 브라운은 현미경으로 수중에 분산된 꽃가루를 관찰하면서, 미립자는 항상 불규칙한 운동을 한다는 사실을 발견하였다. 이것을 '브라운 운동'이라고 한다. 아직 젊은 우리도 이 물속을 떠다니고 있는 꽃가루들과 크게 다르지 않다. 우리 역시 가슴 속에 불규칙적으로 용솟음치는 미립자들을 품고 있다. 그래서 아무 두려움 없이 열정을 발휘하여 가슴 깊은 곳에 묻어둔 나만의 꿈을 거리낌 없이 끄집어내어 사람들에게 보여줄 수 있는 것이다. 음식 장사를 하고 싶다거나, 서점을 열고 싶다거나, 작가가 된다거나, 심지어 떠돌이가 되겠다는 꿈마저도….

하지만 언제부턴가 우리의 두근대는 심장은 이마에 가득 새겨진 주름으로 변하고, 다른 사람의 시선을 신경 쓰기 시작하며, 타인의 조금만 냉정한 말투에도 마음이 금세 유리처럼 산산조각 나 버려 몇날며칠을 혼자서 고민하고 있다. 그렇게 우리는 인생을 단순하고 즐거운 것이 아니라, 거칠고 힘겨운 것이라고만 여기게 되었다. 청춘을 되돌리기에는

나는 믿는다.
마음 깊숙한 곳 하나의 불씨만 꺼지지 않는다면,
꿈의 잔가지에서 꽃이 만개하는 것도
그리 어려운 일이 아니라는 것을.

너무 늦었다고 생각한 나머지, 번뜩이는 눈망울을 가리고, 가슴 속에 사는 새들의 날개를 꺾고, 사람들의 눈치만 보며 발걸음을 서두른다. 자칫 잘못하다가는 낙오될지도 모른다는 두려움에 떨면서 말이다.

또한 이렇게 두려움에 빠지거나 타성에 젖은 나머지, 외부의 자극이 없으면 스스로 의지력을 발동시키지 못하게 되었다.

나는 상처 입는 것이 두려워 시작하는 용기마저 잃고 싶지 않다. 하루하루 늙어가는 세월 속에서 늙을 것을 미리 걱정하고 싶지도 않다.

가슴 깊숙이 묻어두었던 '미립자'를 꺼내, 마음먹은 것은 언제든 시작하고 싶다.

여가 시간에 마음껏 글을 읽고 생각하며, 클레이 점토로 캐릭터를 빚어 본다거나, 자유롭게 날아가는 새를 보며 드로잉을 시작해 보는 등, 매일 자신에게 충실한 삶을 살다 보면 하품마저도 만족스러울 것이다.

물론 막 시작할 무렵에는 적지 않은 어려움도 있을 것이다. 한번은 밤을 새며 잡지사에 기고할 글을 쓴 적이 있다. 끊임없이 고치고, 다시 쓰며 노력했지만, 결국 편집이 되어 잡지에 실리지 못하게 되어 버렸다. 하지만 나는 괜찮았다. 내 가슴속 '미립자'에 대한 무조건적인 믿음과 물질적 이익에 연연하지 않는 기질 덕분이다. 나는 개인적인 즐거움 속에서도 또 다른 가치관을 발견하고, 또 다른 감정을 느끼며, 또 다른 시선으로 이 세상을 마주할 수 있게 되었다.

나는 믿는다. 마음 깊숙한 곳 하나의 불씨만 꺼지지 않는다면, 꿈의 잔가지에서 꽃이 만개하는 것도 그리 어려운 일이 아니라는 것을.

포기하지 말자 인생이 아름다워진다

우리는 왜
좋은 사람이어야 하는가

좋은 사람이라고 일생 무사하기만 할 수는 없다
하지만 좋은 사람은, 일생 안심하며 살 수 있다.

◇

비가 그친 후, 소년은 길에서 작은 달팽이 한 마리를 발견했다. 아이는 쪼그리고 앉아 그 달팽이를 집어 들어 다시 잔디밭으로 돌려보내주었다.

"지금 뭘 하는 거니?" 엄마가 물었다.

소년은 매우 뿌듯한 얼굴을 하고선 말했다. "내가 방금 달팽이를 구해줬어요. 길 한가운데서 기어가고 있는 게 너무 위험해 보여서, 내가 다시 풀숲으로 돌려보내줬어요."

엄마는 별 감흥 없이 듣고 있다 대답했다. "달팽이는 네가 구해준 걸 알아?"

소년은 곰곰이 생각했다. "모를걸요."

엄마가 말했다. "그럼 그 착한 일은 하나마나한 거였네. 네가 달팽이를 구하든 말든 누가 알아주니?"

소년이 곧바로 대답했다. "나만 알면 되잖아요! 내가 달팽이 한 마리를 구해줬어요. 나는 그게 기뻐요!"

아이의 이 단순한 대답에는 심오한 인생철학이 담겨 있다. 좋은 일이란, 다른 사람이 알게 하기 위함이 아니라는 것. 심지어 도움을 받은 사람조차 내가 도움을 받았다는 사실을 몰라도 나 자신만 알면 그것으로 충분하다는 것 말이다.

왜냐하면 그 일을 함으로써 나는 나의 존재가치를 증명 받을 수 있고, 자신이 좋은 사람이라고 한층 더 확신할 수 있기 때문이다. 이는 스스로의 기대치에 부응하는 일이다. 따라서 나는 스스로를 인정할 수 있게 되며, 이로 인해 즐거움을 느낄 수 있다.

이것이야말로 우리가 좋은 일을 하는 참 의미일 것이다.

아쉬운 점이 있다면, 어른들은 종종 지나치게 이익을 추구하는 나머지, 자신의 행위를 왜곡해 버린다는 것이다. 누군가를 돕고 나서 반드시 상대방의 감사를 바란다거나, 나아가 '감사하다'는 말 이외에 그럴 싸한 보답을 원하는 식으로 말이다. 최소한 상대가 나의 도움을 알아채고 나를 칭송해주기라도 바란다.

그리고 그런 보상을 받지 못하면 더 이상 좋은 일을 하려 하지 않는다.

사실, '남들이 나의 선행을 알아주길 바라는 마음'이 잘못된 것은 아니다. 하지만 그것이 '나의 선행을 내가 잘 알고 있는 것'보다 중요할 수는 없다. 왜냐하면 나의 인생은 나의 것이지 남들에게 보여주기 위한 것이 아니기 때문이다. 타인으로부터 받은 칭송과 보상의 의미 역시 우리의 자긍심을 위한 것이다.

인간의 가장 큰 행복은 바로 스스로를 진심으로 인정하는 데 있다.

설령 만인의 칭송을 받는다 해도 내 스스로가 아는 옳지 못한 짓 때문에 칭찬을 받을 자격이 없다고 느껴진다면, 얼마나 불편하고 불안한 일인가.

수많은 철학자들의 말처럼 이 세상은 온통 거짓의 표상으로 넘쳐난다. 가장 진실한 감정은 오로지 나의 내면뿐이다. 그 안에 본질과 도리가 존재한다.

◇◇

며칠 전 신문에서 다음과 같은 기사를 본 적이 있다. '스'라고 하는 한 여성이 40여 년 전 초등학교 시절, 너무 배가 고파 친구의 1마오1위안의 10분의 1 단위, 현재 환율로 약 16원 - 옮긴이를 훔쳐 과자를 사먹었다고 한다. 친구는 당시 돈을 잃어버렸다는 사실을 알고 울며 찾아다녔는데, 스 씨는 이 일을 지금까지도 좀처럼 잊지 못하고 있었다.

인간의 가장 큰 행복은
바로 스스로를 진심으로
인정하는 데 있다.

40년이 지나 스 씨는 갖가지 방법을 동원해 이 친구를 찾았다. 그리고는 그녀를 찾아가 만 위안을 건네며 말했다. "부디 받아줘. 난 줄곧 그 날의 잘못 때문에 마음이 무거웠어."

사실 이 친구는 1마오쯤은 잊은 지 오래였다. 만약 스 씨가 입을 열지 않았다면, 이 세상에 그녀가 친구의 1마오를 훔친 적이 있다는 사실을 아는 사람은 아무도 없었을 것이다.

하지만 스 씨는 잊지 않았다. 뿐만 아니라 이 때문에 줄곧 양심에 불안과 가책을 느끼고 있었다. 그래서 그는 천신만고 끝에 그 친구를 찾아내, 만 위안을 돌려주고 용서를 구함으로써 마음의 짐을 덜 수 있었다.

이와 같은 경험을 가지고 있는 사람들이 많을 것이다. 그러나 갖가지 이유로 외면해왔을 것이다. 아마도 피해를 입은 당사자도 알지 못하고 다른 사람들은 더더욱 모르는 일이 있을 것이다. 따라서 당신을 탓할 사람은 아무도 없을지도 모른다. 그러나 자기 자신만은 자신이 한 일을 잊어서도, 용서해서도 안 된다.

'양심에 거리끼는 일을 해서는 안 된다'는 말을 모르는 사람은 없다. 바로 이러한 이치이다. 양심에 거리끼는 일을 하면 그 '미안함' 때문에 자책하게 된다. 그러한 올바르지 못한 행동으로 자아를 힐난하는 느낌이 썩 좋지만은 않다. 그래서 스 씨는 만 위안이라는 돈을 통해 1마오의 빚을 갚으려 한 것이다.

◇ ◇ ◇

어떤 잘못들은 잘못을 저지른 당사자가 깊이 반성하지 않은 탓에 나쁜 영향이 간접적으로 되돌아오는 경우도 있다.

언젠가 요리사로 일하고 있는 친구와 함께 어느 식당에서 식사를 하는데, 그 음식에서 머리카락 비슷한 것이 나온 적이 있다. 우리는 깜짝 놀라 그것을 바로 건져내 요리조리 살펴보았다. 나중에 그것이 파가 눌어붙었던 것이라는 사실이 밝혀지긴 했지만, 내 친구는 그것을 막 발견하자마자 더 이상 음식에 손을 대지 않았다. 그리고는 확신에 찬 말투로 말했다. "내가 주방 일이 어떤지 뻔히 아는데 정말 더러울 대로 더러운 곳이라니까. 그래서 난 외식 잘 안 해. 찝찝해서."

그는 본인의 주방이 위생적이지 못하니, 남들 역시 그러할 것이라고 암묵적으로 인정하는 꼴이 되어 버렸다. 그래서 눌어붙은 파 한 조각만 보고도 식욕을 잃은 것이다. 사실 그 파가 아니었다고 해도 그는 우리처럼 즐겁고 편안한 마음으로 음식의 맛을 느끼지는 못했을 것이다.

다른 영역에서 일하는 사람들도 요리사 친구와 크게 다르지 않다.

부실공사로 건물을 짓는 사람들은 자신이 사는 집에 조금이라도 이상이 생기면, 건물이 곧 무너지진 않을까 걱정하느라 마음이 불안할 것이다.

다른 집에 몰래 들어가 도둑질을 해 본 사람이라면, 자기 집 문지방이 바람에 흔들리는 소리만 나도 누군가 침입한 건 아닐까 두려울 것이다.

우유에 멜라민을 섞어 판 사람들은 어쩌면 아무리 좋은 우유라 해도 선뜻 먹기 어려울 것이다. 성분이 불분명한 것을 누구보다 잘 알기 때문이다.

우리의 행위는 우리의 세계관에 영향을 준다. 물론 당당하지 못한 일을 저질렀을 때에도 아무에게도 들키지 않고 아무런 처벌도 받지 않으며 심지어 자신 또한 양심에 가책을 전혀 느끼지 않는 사람도 있다. 하지만 그런 사람조차도 그 이후 이 세상에 대해 품게 되는 불신과 의혹이 이미 내면의 안녕을 파괴하고 있을 것이다.

◇ ◇ ◇ ◇

우리가 좋은 일을 할지 나쁜 일을 할지 결정해야 하는 이유는 좋은 일을 할 때 얻어지는 외부 세계로부터의 보상 때문만은 아니다. 나쁜 일을 하면 물론 사회적 처벌을 받게 되지만 그보다 중요한 것은 우리가 저지른 일이 우리에게 직접적인 영향을 끼치기 때문이다.

좋은 일을 했을 때 받을 수 있는 가장 큰 보상은 영혼의 쾌락이다. 그리고 나쁜 일을 했을 때 받을 수 있는 가장 큰 처벌은 양심의 가책이다.

진정으로 '나에게 이롭다利己' 함은, 객관적이거나 경제적인 이익을 얻었다는 뜻이 아니라, 내가 한 행동이 진정으로 옳다고 생각할 수 있게 되었다는 뜻이다. 스스로를 향한 주관적인 만족과 그 기쁨이 훨씬 중요하기 때문이다.

당신이 달팽이 한 마리를 구했을 때, 달팽이는 감사 인사를 전하지 못한다. 알아주는 사람도 없다. 하지만 당신 자신만큼은 본인이 얼마나 좋은 사람인지, 자신의 존재 가치가 얼마나 소중한지 알게 될 것이다. 그러면 충분하다.

좋은 사람이라고 일생 무사하기만 할 수는 없다. 하지만 좋은 사람
은, 일생 안심하며 살 수 있다.

포기하지 말자 인생이 아름다워진다

당신의 실패가
성장으로 이어지지 않는 이유

리웨량

세상에서 가장 지혜로운 사람은 바로 다음과 같다.
원하는 바를 이루지 못했을 때, 자신을 돌아볼 줄 아는 사람.

◇

절친 모모가 뜬금없이 남자친구한테 차였다. 전화기 너머로 그녀의 울음소리를 들으며, 나는 그저 가만히 달래줄 수밖에 없었다. "울지 마. 그 애도 참 냉정하다…" "누가 아니래! 남자란 정말이지 믿을 수가 없다니까. 이래서 언제든 갈아치울 수 있는 '보조 타이어' 몇 명쯤은 만들어놔야 하는 거야!" 그녀는 잔뜩 화가 나서 울부짖었다.

나는 말문이 막혔다. 이게 무슨 뜬금 없는 결론이란 말인가. 나는 마

사랑이 사람을 가장 무력하게 만든다 해도,
최소한 30퍼센트 정도는 스스로 제어할 수 있을 거라고.
나머지 70퍼센트는 스스로 결정할 수 없다 해도
스스로 제어할 수 있는 부분만큼이라도 제대로 하고 싶다고.

침내 그녀가 셀 수 없을 정도로 많은 남자를 만나고도 왜 아직까지 '맞는 사람'을 만나지 못했는지 알 것만 같았다.

옛말에 '실패한 만큼 성장한다'는 말이 있다. 하지만 때론 마치 함정에 빠진 것처럼 같은 일이 동일한 사람에게 반복적으로 일어나는 경우도 있다. 마치 그 사람이 너무도 무지하고 운이 없어서, '다시 빠지지 않는 방법'을 습득하지 못하는 것처럼.

한 친구와 함께 식사를 할 때였다. 그가 깔깔대며 회사 동료에 대한 이야기를 해주었다. 그 동료는 늘 다른 한 동료에 대해, 그는 나서기를 좋아하며 생색내기 쉬운 업무만 골라서 한다고 욕을 하고 다녀서, 도리어 본인이 상관에게 찍혔다고 한다.

그러던 어느 날, 팀원 모두에게 익숙하지 않은 시스템을 통해 긴급 업무를 처리해야 할 일이 생겼다고 한다. 내 친구는 다른 동료 욕을 하고 다니던 동료에게 먼저 해 보라고 했다. 하지만 그녀는 할 줄 모른다며 단칼에 거절했다. 하지만 정작 그녀가 늘 욕하고 다니던, '나서기 좋아하는' 동료는 능동적으로 새로운 일을 해 보기 시작했다고 한다. 먼저 설명서를 찾아 자세히 읽어가며 이것저것 시도해 보더니, 얼마 지나지 않아 마침내 파악을 끝낸 듯했다.

감정이 상했다고 그 원인을 '보조 타이어의 부족'으로 돌리는 것이나, 업무상 주목을 받지 못했다고 동기의 '잘남'을 탓하는 사고방식으로는 아무리 많은 실패를 겪어도 성장할 수 없을 것이다.

◇◇

세상에는 대략 두 종류의 일이 있다. 자신이 제어할 수 있는 일과 자신의 힘으로 어쩔 수 없는 일이 그것이다. 사랑의 경우, '누구를 만날 것인가'라는 제어할 수 없는 일과 '내가 어떻게 해야 그의 호감을 살 수 있을 것인가'라는 제어 가능한 일, 두 가지 특성을 동시에 가지고 있다고 할 수 있겠다.

또 다른 절친 역시 실연의 아픔에 깊이 빠진 적이 있다. 게다가 상대는 부도덕한 일까지 저지른 사람이었다. 우리가 전부 그녀를 대신해 이 '인간 쓰레기'를 욕하는 동안에도 그녀는 조용히 심리 상담실을 찾거나 취미 생활에 몰두했다. 그녀는 상담사에게 자신과 전 남자친구에 대한 이야기를 허심탄회하게 털어놓았다. 그리고는 함께 관계의 모순점 및 자신의 부족함까지도 냉철하게 분석했다. 동시에 매일같이 도서관으로 가서 심리학서를 잔뜩 찾아 일주일 동안 열 몇 권씩 읽기도 했다.

그녀가 말했다. 사랑이 사람을 가장 무력하게 만든다 해도, 최소한 30퍼센트 정도는 스스로 제어할 수 있을 거라고. 나머지 70퍼센트는 스스로 결정할 수 없다 해도 스스로 제어할 수 있는 부분만큼이라도 제대로 하고 싶다고.

나는 믿는다. 이러한 신념을 가지고 있는 여자의 미래가 절대 행복하지 않을 리 없다고.

포기하지 말자 인생이 아름다워진다

◇ ◇ ◇

최근 언론을 강타한 칼럼 한 편이 있다. 단지 보편적인 사실을 지적했을 뿐인데 말이다. 바로 '공부를 해도 소용없는 것이 아니라, 당신이 구제불능인 것이다.'라는 글이다. 끊임없이 나오고 있는 '공부 무용론'을 지적한 이 글의 작가는, 세상의 각종 쓸모없는 것들 중에 가장 쓸모없는 것은 바로 자신의 성과가 낮음을 전부 자신이 한 공부의 탓으로 돌리는 일이라 주장했다. 내가 실패한 것은 게을러서가 아니라 내가 한 공부가 쓸모없어서라고 주장하는 일 같은 것 말이다. 그런 사람들은 자신이 처음부터 공부에 그렇게 많은 시간을 들이지 않았다면 다른 기술을 익혀 다른 곳에서 자신이 쓸모 있게 쓰이지 않았겠느냐고 주장한다. 이렇듯 공부 무용론은 사람들에게 자신을 위안하는 더없이 편리한 도구인 동시에 자존심도 지킬 수 있는 그럴듯한 피난처를 제공해준다. 덕분에 사람들은 너무도 당당하게 자신의 무능을 회피한다.

그렇다면 이 칼럼이 왜 이토록 화제가 되었을까? 그것은 아마도 인간이 가지고 있는 일종의 본능을 효과적으로 저격했기 때문일 것이다. 사람들은 실패의 원인을 자기 자신이 아니라 외부에서 찾으려는 경향이 있다. 하지만 사실상 이러한 발상은 우리에게 결코 도움이 되지 않는다. 이는 마치 사람들이 어쩌다 마주친 좌절을 모두 '운이 나쁜 탓'이라며, 스스로 제어할 수 없는 외부적 요인으로 돌리는 것과 같다. 모든 책임을 다른 사람에게 전가시키고, 자신은 아무런 노력도 하지 않으며 속 편히 흘러가게 방치하는 것이다.

곤경과 좌절을 맞닥뜨리면
고민할 수 있을 만큼 고민하고,
노력할 수 있는 만큼 노력하고,
피할 수 있는 것은 최대한 피해도 보고,
그래도 남은 것이 있다면,
그것은 하늘에 맡겨 보자.

◇ ◇ ◇ ◇

흔히 우리가 말하는 '운명을 받아들이라'는 말에 선행하는 문장이 무엇인지 아는가? 바로 '최선을 다해 보라'이다.

그러나 대부분의 사람들은 자신이 제어하지 못하는 곳에 유독 마음을 쓴다. 이를테면 상사의 기분이 좋아 보이지 않아 눈치를 본다거나, 동료들의 호의적이지 못한 태도에 기분이 상한다거나, 나보다 강한 상대만 만난 것을 원망하는 식이다. 그러나 정작 자신의 능력으로 변화 가능한 부분은 최대한 모른 척한다. 영원히 발생하지 않을 것만 같은 일이 발생했을 때, 자신의 노력으로 나아질 수 있는 모든 것에는 눈을 감은 채 다음번에는 저절로 좋아질 거라는 믿음을 가지고 사는 것이다.

세상에서 가장 지혜로운 사람이란 바로 원하는 바를 이루지 못했을 때 자신을 돌아볼 줄 아는 사람이다. 곤경과 좌절을 맞닥뜨리면, 고민할 수 있을 만큼 고민하고, 노력할 수 있는 만큼 노력하고, 피할 수 있는 것은 최대한 피해도 보고, 그래도 남은 것이 있다면, 그것은 하늘에 맡겨 보자.

그러다 보면 하늘의 별을 세는 것도, 자신의 얼굴에 묻은 흙먼지를 닦는 것도, 더 이상 힘들거나 고되지만은 않을 것이다. 그런 다음 이 세상을 향해 따스한 미소를 지어 보이면 된다.

노력하는 나 자신을
사랑할 것

스얼

_____

나는 돈을 위해 노력하는 모든 사람을 이해한다.
그러나 가슴 속에 이상을 품고 노력하는 사람에게는 감격한다.

_____

인생을 살면서 알게 된 사실이 하나 있다. 나의 친구들은 성격은 제각
각이지만 동일한 특징을 가지고 있다는 것이다. 그들은 입이 가볍고
칠칠맞아서 회사 내에서 평가가 극단적으로 갈린다. 또한 이들은 돈을
잘 쓰기도 돈을 잘 벌기도 해서 늘 물건을 잔뜩 사들이는 탓에 친구들
사이에서도 좋은 사람이라는 평가를 받지는 못한다.

 하지만 나는 그 누구보다 이들을 잘 알고, 이들 역시 나를 좋아해준
다. 그 이유를 곰곰이 생각해 보았는데, 아마도 내가 그 말로만 듣던

'인간 자극제'라서 그런 것이 아닐까 한다.

◇

예를 들어 나의 친구 A는 돈이 주는 안정된 기분을 좋아한다. 그래서 그녀는 열심히 돈을 쓰는 동시에 열심히 돈을 번다. 그러면서 그녀가 최근에 산 물건들을 종종 우리와 함께 본다가끔 되팔기도 한다. 그녀는 군말 없이 야근을 하며, 사회에 이렇다 할 불만도 없다. 아니, 그럴 시간이 없다.

사람들이 그녀와 같은 사람을 볼 때 일반적으로 생각하는 것은 가정환경이 넉넉지 못해서 한풀이를 하고 있다거나, 혹은 천성적으로 물질적인 욕심이 많은 사람이라는 것이다. 하지만 나는 알고 있다. 그녀는 이 둘 다 아니다.

A도 한때는 절약 정신이 투철해서 유행 따위에는 관심도 없었다. 그녀와 처음 만났던 날에도 티셔츠와 청바지 그리고 운동화 차림이었다. 당시 그녀의 인생 목표는 돈을 많이 모으는 것이었다. 그리고 통장에 찍힌 숫자가 점점 불어나는 것을 지켜보는 것이다.

그녀가 말했다. 그녀가 지금의 모습처럼 변하게 된 데는 나의 영향이 크다고. 그녀가 집을 사고 싶다기에 내가 말했다. "좋지, 봐둔 거 있으면 얼른 사." 계약금을 지불하고 나서 옷 살 돈이 부족하다고 칭얼대는 그녀에게 내가 말했다. "계좌번호 알려줘. 빌려줄게. 하우스푸어집을 대부분 대출금으로 구입한 사람 - 옮긴이일수록 꽃처럼 아름답게 입고 다녀야지." 대출이자에 대한 부담감을 좀 덜고 나서 이번엔 차를 사고 싶다고 말할 때도 내가 대답했다. "얼른 사! 안 그래도 필요했잖아."

그녀는 인생을 통해 어떤 한 문장을 검증해가고 있다고 말했다. 바로 '돈을 쓸 줄 알아야 벌 줄도 안다.'는 말이다.

한편, 나는 그녀가 지금처럼 '투지의 여인'으로 변해온 과정을 검증하는 산 증인이었다. 대학 학사 학위도 없는 일개 여직원 하나가 어떻게 자신의 노력을 통해 3년 만에 선전 땅에 집과 땅을 가지게 되었는지 알고 있는 사람 말이다.

그녀에게 돈을 쓰도록 부추긴 이유는 그녀가 너무 돈을 모으는 데만 집중한 나머지 일상을 너무 무신경하게 살고 있었기 때문이었다. 더 이상 아낄 수 없을 만큼 아끼고, 얼굴에는 팩 한 장 붙여 본 적 없는 채 말이다. 심지어 세안제도 아껴 쓰며 '타고난 외모가 예쁘다'며 큰 소리 쳤다. 나는 알고 있다. 그녀의 내면에는 우주만큼 강한 힘이 있다는 것을.

그녀와 같은 여자를 치료할 수 있는 방법은 자신을 위해 소비하는 일을 부추기는 것이었다. 말로써 회유하는 방법은 그녀와 같은 성격에는 먹힐 것 같지 않았기 때문이다. 그래서 나는 그녀를 개조하기 위해 무작정 길거리로 끌고 나오는 것으로 시작했다.

그러니 내가 한 일은 그녀가 돈을 쓰도록 부추겼다기보다, 그녀가 멈추지 않고 노력할 이유를 만들어줬다고 말하는 편이 정확할 것이다.

우리가 돈을 쓰는 것은 사실 버는 것의 동기가 된다.

소비의 레벨이 높아질수록 노력의 목표도 따라서 상승하는 것이다.

운명은 IQ와 EQ 따위에 좌지우지되는 것이 아니라,
그토록 노력하는 자신을 진심으로
사랑할 수 있는지 없는지에 따라 달라지는 것이다.

◇ ◇

한번은 수다를 떨던 중 그녀가 내게 물었다. "너는 돈 욕심도 많지 않으면서 어떻게 매일같이 그렇게 활력이 넘쳐? 너의 그런 노력의 동기는 뭐니?"

나는 이렇게 대답했다. 내가 가진 동기의 시작은 내 자신을 증명하고 싶은 욕구에 있었다. 그러다 점점 이 세상에 진심으로 무언가 남겨보고 싶고, 이 세상을 사랑하고 싶다는 생각이 들었다. 그녀가 말했다. "웃기고 있네. 넌 나보다 씀씀이가 더 크잖아."

물론 우리는 인생을 논하기에는 아직 어리다.

돈이란 우리가 달리는 길 위의 발전기이고, 이상이란 그 길 위의 날개와 같다.

나는 돈을 위해 노력하는 모든 사람을 이해한다. 그러나 가슴 속에 이상을 품고 노력하는 사람에게는 감격한다.

◇ ◇ ◇

사람들은 늘 원하는 것이 있을 때에만 게으름과 편안한 환경을 벗어던지고 일어난다.

사람들이 열심히 돈을 버는 이유는 저마다 다르다. 가족의 안녕을 위해 돈을 버는 사람이 있는가 하면 불안정한 미래에 대비하려는 사람도 있다. 또 누군가가 원하는 것은 사랑하는 사람과의 결혼일 수도 있다. 또 누군가는 전 남친보다 더 떵떵거리며 잘 사는 것을 원할 수도 있으며, 또 누군가는 자기 자신을 증명해 보이기를 원할 수도 있다. 이

것이 모두 동기이다.

동기가 없는 사람, 취미가 없는 사람은 줏대 없이 대세에 휘둘리다 무용지물이 되기 십상이다. 왜냐면 그들은 일생 동안 게으른 게 무엇이고 그렇지 않은 건 또 무엇인지, 편하고 잘 맞는다는 것은 어떤 것인지 구분하지 못하기 때문이다.

며칠 전 아버지가 내게 말씀하셨다. "만약 네가 애초에 안정적인 직업을 가졌다면 지금처럼 힘들지 않아도 됐을 텐데." 맞다. 어느새 스무 살을 훌쩍 넘기고 나니 이제야 알 것 같다. 부모님이 나에게 늘 엄격한 요구를 했던 것은 나에게 거는 기대가 높아서 그런 것만은 아니었다는 사실을. 내가 최소한의 물질적 안정을 확보하길 바라셨던 것이다.

그래서 나는 일찌감치 확실히 해두었다. 나는 부모님의 기대를 만족시키기 위해 사는 존재가 아님을. 나는 나 자신을 위해 노력하는 사람이고, 이 모든 고통은 이미 습관이 되었으며, 이미 이렇게 노력하지 않고는 어떻게 살아야 하는지 상상조차 할 수 없다고.

결론적으로, 운명은 IQ와 EQ 따위에 좌지우지되는 것이 아니라, 그토록 노력하는 자신을 진심으로 사랑할 수 있는지 없는지에 따라 달라지는 것이다.

당신에게 노력의 동기가 부족한 이유가 뭐냐고 묻는다면, 내가 해줄 수 있는 대답은 당신이 노력하는 동기는 언제든 그만둘 수 있는 것이기 때문이라는 것이다. 왜냐하면 지금 당신은 얼른 쉬기 위해 노력하는 것일 뿐이니까. 20대부터 언제 노력해야 하는지, 언제 쉴 수 있는지 따지는 인생은 너무 황폐하지 않은가.

수백만 연봉을 받는
외국계 회사 직원들은
지금 어떻게 살고 있는가

그들은 배움을 가장 큰 기쁨으로 여기고, 지식 축적을 갈구하며,
자아실현에 탐닉한다. 또한 실패를 두려워하지 않고, 언제나 꿈을 좇으며,
자신감을 가지고 자신의 두 손으로 세상을 바꿀 수 있다고 믿는다.

◇

세금 납부 기간이 되어, 페이스북에서 일하는 나의 절친이 본인의 세금 납부 현황을 우연히 알려줬다.

나는 그의 월급 명세서를 보고 입이 다물어지지 않았다.

"페이스북 월급이 높은 건 알고 있었다만, 갓 대학 졸업해서 스물둘, 셋밖에 안 된 애송이들 연봉이 인민폐로 110만 위안이나 되다니, 이게 말이 돼?"

"내년엔 30% 더 오를 거야. 하지만 내가 회사에 기여하는 바가 내가 받는 돈보다 더 높지."

높은 급여로 기고만장해진 이 젊은이는 자신이 무슨 대단한 위인이라도 되는 줄 아는 것 같았다. 그래서 한때 나는 그가 허세 가득하다고만 생각했다.

◇◇

나는 페이스북의 사무실이 무척이나 마음에 들었다.

시애틀 중심지에 위치한 그 사무실은 한쪽 벽이 통유리창으로 되어 있어, 비의 도시 시애틀의 아름다운 풍경을 마음껏 감상할 수 있었다. 책상은 전부 창쪽에 붙어 있고 의자는 자유롭게 움직일 수 있으며 탁 트인 사무실 안은 매우 단정하게 꾸며져 있었다. 한쪽 구석에는 각종 군것질 거리가 가득 준비되어 있었는데, 냉장고 문을 열면 우유와 요거트, 탄산수에 맥주까지 죄다 비싸고 좋은 것들로만 가득 차 있었다.

개방식 주방 안에서는 커피를 내릴 수도 있고, 바구니에는 늘 과일이 준비되어 있었다. 그리고 그 모든 인테리어가 조화롭게 어우러져 눈길 닿는 곳마다 아름답게 느껴지지 않는 곳이 없었다.

무엇보다 중요한 것은, 그것이 전부 공짜라는 사실이다. 누구나 원하는 만큼 가져갈 수 있었다.

이것이 바로 페이스북 탕비실의 위엄이다.

오로지 애플 컴퓨터로만 채워진 사무실 중앙에 다소 어울리지 않는

텍사스 홀덤 다수가 테이블에 빙 둘러앉아 하는 포커 게임의 일종으로, 카지노 등지에서 쉽게 볼 수 있다 - 옮긴이 테이블이 자리하고 있었다. 근처에 도무지 용도를 알 수 없는 원기둥도 보였는데, 친구가 문을 여니 놀랍게도 그 안에 침대가 있었다. 아이디어가 떠오르지 않거나 컴퓨터 앞에만 앉아 있어 피곤할 때, 빛과 소음을 피해 이곳에 들어와 눈을 붙일 수 있다고 했다.

이뿐만이 아니었다. 몇 층 더 아래로 내려가면 오락실이 있었다. 그곳에는 소파와 텔레비전, 엑스박스 비디오 게임의 일종 - 옮긴이가 있고, 바닥에는 레고와 짐볼 그리고 장난감이 한가득 어지럽게 널브러져 있었다. 그리고 오른쪽에는 탁구대가 설치되어 있었다. 미국인들은 종종 중국인이라면 당연히 탁구를 잘 치는 줄로 오해한다. 페이스북에서 일하는 아시아계 직원들은 전체의 약 34%로, 어디서든 중국어를 들을 수 있을 정도였다. 탁구대는 어쩌면 그들에게 주는 선물일지도 모른다.

이곳은 자판기 안에 있는 물건들도 남달랐다. 키보드와 마우스, USB, 이어폰에 충전기까지…, 직원 카드만 갖다 대면 돈을 내지 않고도 무제한 사용 가능했다.

식당은 또 어떨까?

주방장은 수시로 바뀌었다. 각국에서 모인 직원들을 위해 다양한 음식을 제공하기 위함이었다. 간혹 금요일이 되면 식당에서 저커버그 페이스북의 창립자이자 최대주주 - 옮긴이와의 화상 회의가 열리기도 했다. 이토록 거대한 페이스북 세상의 직원들이 한데 모이는 진풍경이 벌어지는 것이다.

나의 많은 대학 동기들이 그곳에서 일하고 있었다. 그래서 주말이면 그들을 찾아가 함께 놀곤 했다. 하도 자주 오다보니 나도 그곳 직원이 된 듯한 느낌이었다.

우리가 창가 쪽에 앉아 수다를 떨고 있으면 지나가던 중국인들이 중국어를 듣고 모여들었다. "주말인데 집에 안 가고 여기서 뭐 하세요?" 내가 물었다.

"여기가 집보다 재미있어요. 먹고 마실 것도 있고, 놀거리도 많고."

"인터넷 속도도 엄청 빠르고!"

"저커버그는 눈물 나겠네요. 이 많은 사람들 먹여 살리느라."

"저커버그는 웃고 있을걸요. 배불리 먹고 지칠 때까지 놀다보면, 결국 일할 생각밖에 안 들거든요. 놀기 위해 와서 자발적으로 추가 근무를 하는 셈이니 추가 근무 수당을 주지 않아도 되고요. 군것질 거리나 음료수 같은 걸 아무리 먹어도 추가 수당보다 많이 먹을 순 없으니까요."

"저커버그가 똑똑하긴 하네요." 나는 진심으로 감탄했다.

"네, 여기 있는 사람들은 다 똑똑해요."

그곳은 음식과 장난감에 아름다운 풍경까지 있는 곳이었다. 탕비실 안에는 금발의 남성이 여자친구와 함께 있는 모습이 보였다. 여자친구는 커피를 내리고, 그는 일을 하고 있는 중이었다. 햇살이 통유리창을 통해 그들 위로 쏟아져 내렸다. 평화로운 그 모습은 흡사 한 폭의 그림이었다.

이런 작업 환경도 모자라 연봉이 무려 110만 위안이라니, 그야말로 천국이 따로 없었다.

그러나 놀랍게도, 내 친구들은 수시로 퇴직을 고려하고 있었다.

◇◇◇

새벽 세시, 전화벨이 울렸다.

"드디어 우리가 나눴던 아이디어를 실행할 수 있는 방법을 찾았어! 이곳에 다 적지 못한 수많은 이야기가 있었다. 너 중국으로 돌아가면 책 팔고 싶다고 했었지? 시장 조사도 했었잖아. 그거라면 나도 당장 페이스북을 그만둘 수 있어!"

내가 그를 처음 만난 건 4, 5년 전쯤 24시간 개방하는 도서관에서였다. 그는 이어폰을 낀 채 타닥타닥 키보드를 치고 있었다. 그 표정이나 동작이 그렇게 신나 보일 수가 없었다.

나는 그 모습을 멀리서 지켜보며 '도서관에서 컴퓨터 게임이나 할 거면 좀 조용히라도 할 것이지.' 라고 생각했다. 하지만 가까이에서 보니 그가 신나게 치고 있던 것은 게임이 아니라 컴퓨터 소스 코드였다.

그는 경쟁률이 높기로 유명한 대학교의 컴퓨터 공학과 석사과정에 아주 훌륭한 성적으로 입학했다. 그래서 수많은 학교 후배들이 그를 찾아와 어떻게 하면 이 괴롭기만 한 공부를 잘 할 수 있는지 조언을 구하곤 했다. 하지만 그 때마다 그는 늘 난감해했다. 그래서 내가 말했다. "네가 시험 준비할 당시 하루에 7시간씩 자습한 이야기를 해줘. 식당에서 기다리는 시간이 아까워 사람들이 몰리기 시작하는 오후 6시 전에 식사를 마치고 자리에 앉아, 배고파서 집중이 흐트러질 때를 대비해 육포 한 봉지 들고 공부에만 집중했던 일을 말이야. 그 정도면 후배들이 잔뜩 겁먹을 정도의 경험은 되지 않겠니?"

하지만 그는 손을 내저으며 그들을 겁주고 싶지 않다고 했다.

"사람은 모두 달라. 내게는 공부하는 시간이 가장 보람 있고 즐겁기 때문에 그랬던 거야. 그 외의 곳에 시간을 쓰지 않도록 절제하는 것이 내가 그리는 이상적인 모습에 가까워질 수 있는 방법이었어. 그렇기 때문에 절제하면 할수록 행복했지. 만약 다른 사람들은 나와 다르게 자습하는 것이 숙제처럼 느껴지고, 자신을 억제하면 할수록 괴로운데도 '인내는 쓰고 열매는 달다'는 말만 믿고 억지로 참고 있다가 자살이라도 하면 어떡해? 난 괴로움을 참은 게 아냐. 난 정말 즐거웠어."

그 순간, 나는 그가 속했던 '매일 7시간씩 자습하기 모임'의 전설을 더 이상 퍼트리지 않기로 했다.

'그 선배는 엄청나게 노력해서 그만큼이나 성공했대.'라는 미담은 때론 위험하다. 만약 노력 자체가 즐겁지 않다면, 시간이 흐를수록 커지는 것은 스트레스와 고통뿐일 테니까. 매일같이 자기 자신과의 싸움도 이기질 못하는데, 하물며 타인과의 경쟁에서 이기는 게 과연 가능하겠는가? 무슨 일을 하든지 억지 노력이 해줄 수 있는 것은 기껏해야 버티는 것까지이다. 남들보다 뛰어나고 싶다면, 그 일을 진심으로 즐기고 사랑해야 한다.

그가 페이스북으로부터 받는 연봉이 백만 위안이 훌쩍 넘는다는 사실을 알고 후배들이 또 다시 물었다. "선배, 그렇게 젊은 나이에 인생의 정점을 맞이한 비결이 뭐예요?"

"정점이라니? 지금 나는 경험을 쌓고 미래를 대비하는 중이야. 진짜

무슨 일을 하든지 억지 노력이 해줄 수 있는 것은
기껏해야 버티는 것까지이다.
남들보다 뛰어나고 싶다면,
그 일을 진심으로 즐기고 사랑해야 한다.

인생은 아직 시작하지도 않았어."

그렇다. 그는 그 날 새벽 세시에 퇴사를 결심했다가 출근 직전에 마음을 바꿨다. 그의 멘토와 헤어지는 게 아쉽다면서 말이다.

페이스북은 모든 신입 직원들에게 멘토를 지정해준다. 멘토들은 자신이 담당하는 신입 직원들의 프로젝트를 도와주고, 기술을 알려주고, 회사에서 겪는 모든 문제들을 함께 해결해주는 역할을 한다. 그는 늘 페이스북이 자신이 만난 가장 좋은 학교라고 말하곤 했다. 그만큼 자신의 멘토를 무척이나 잘 따랐다. 멘토와 함께 굵직한 프로젝트를 해내고, 조금 더 배운 다음에 회사를 나오겠다고 했다.

그는 지금껏 페이스북 내에서 상당히 여러 프로젝트를 처리했다. 하나씩 완성할 때마다 대학 동기들이 모두 모여 축하해 주었다. 함께 식사를 하거나, 스키를 타러 가거나, 배를 타고 바닷가로 나가 보거나, 드라이브를 한다거나, 남미로 3박 4일 일정의 여행을 떠나거나 등등….

나는 좀처럼 이해가 되지 않았다. 페이스북을 그만두는 즉시 5성급 호텔에 묵고 비행기 일등석에 타는 그런 인생과는 작별이다. 그만큼 합당한 이유가 필요할 것 같았다. 하지만 그는 말했다. 상관없다고, 그런 건 없어도 살 수 있다고. 그동안 자신이 행복했던 건 페이스북 때문이 아니라, 스스로 발전을 이루었기 때문이라고 말이다. 만약 이곳보다 더 배울 게 많고 발전할 수 있는 곳이 있다면, 당연히 옮겨야 하는 거라고 했다.

애당초 그가 끌렸던 것은 거액의 연봉이 아니라 배움의 기회였던 것이다. 그의 가장 큰 즐거움은 예나 지금이나 배움 그 자체였다.

◇ ◇ ◇ ◇

'매일 7시간씩 자습하기 모임'의 또 다른 멤버는 현재 마이크로소프트 본사의 서피스 프로 팀에서 일하고 있다. 그쪽 업종의 사람들이라면 다들 그렇듯 그도 당직을 서야 한다. 세계 각지에 있는 지사와 그곳의 엔지니어들이 해결하지 못하는 문제가 생겼을 때 이 당직 직원에게 전화를 하면, 그들은 언제 어디서든 목숨을 걸고 24시간 내에 해결을 해야 하는 것이다. 그런 업무를 대략 2개월마다 일주일씩 맡는다고 했다.

그리고 스물셋의 나이에 여자친구도 없는 그는 가엾게도 12월 30일의 당직 직원이었다. 그날 나는 그를 집으로 불러 함께 만두를 먹었다.

연말연시가 되면 타국에 남은 친구들은 다 함께 모여 가족들과 화상통화를 한다. 그날도 예닐곱 개의 화면이 서로 얽히고설키며 각 가정의 어른들끼리 인사를 나누기도 하고, 우리 애가 그쪽 애한테 신세를 지고 있다며 감사 인사도 오고갔다. 그렇게 화목한 기운이 샘솟던 중, 돌연 미스터 마이크로소프트 씨의 전화가 울리기 시작했다. 그는 벌떡 일어나 단숨에 업무 모드로 돌입해, 영어로 대화하며 키보드를 두드리기 시작했다. 영상통화에 한창이었던 우리 사이에도 정적이 흘렀다. 시애틀의 시간은 어느덧 새벽 2시를 지나고 있었다.

일이 끝난 후, 그의 부모님은 한바탕 잔소리를 쏟아내기 시작했다.

"아무리 돈을 많이 벌면 뭐 하니? 이 시간까지 힘들게 일하는데, 저

승 갈 때 그 돈 다 싸들고 갈래! 돈이 아무리 중요해도, 쓸 만큼만 있으면 되는 법이다. 일보다 몸을 먼저 챙겨야지, 후회할 땐 너무 늦어. 직장 밖의 생활도 중요하고, 인생을 즐기는 것도 앞날을 내다보는 것도 모두 중요한 거야."

그는 고개를 끄덕이며 가만히 듣고만 있었다. 그는 언젠가 부모님을 이해시키려고 시도해 본 적이 있다고 했다. 그가 이 일을 하는 이유는 돈 때문이 아니라 끝내주는 상품을 개발하기 위해서라고 말이다. 하지만 고향에 계신 부모님은 여전히 그가 엄청난 액수의 돈을 번다는 사실만 기억하고 계셨다. 건강을 팔아 버는 돈이라면서.

"일이야말로 내 인생의 즐거움이자 앞날인데, 왜 이해를 못 하실까?" 미스터 마이크로소프트 씨는 말했다.

이 세상에 그것을 이해할 수 있는 사람이 몇이나 될까? 열정과 재능을 겸비한 직업을 통해 가치 있는 일을 생산하고, 그 속에서 자아실현을 이루는 기분이란 어떤 것인지 말이다. 그런 사람들은 오로지 지식을 습득하고, 축적하며, 발전을 이루는 것에서 기쁨을 찾고, 자신이 만들어낸 좋은 상품이 이 세상을 더욱 편리하게 변화시키는 모습에 뿌듯함을 느낀다. 하지만 대부분의 사람들은 그런 기쁨이 존재하는지조차 알지 못한다. 사람들 눈에는 그들이 아는 것만 보이기 마련이다. 바로 돈 말이다. 그러니 그들 눈에는 젊은 나이에 거액의 연봉을 받는 삶이란 건강한 청춘을 돈과 맞바꾸는 것으로 보일 수밖에 없다.

하지만 몸을 혹사시킬지라도 그렇게 사는 것이, 몸 건강히 가늘고 오래 사는 것보다 더 행복하고 즐거울 수도 있다. 단지 각자 추구하는 인생의 의미와 기쁨이 서로 다를 뿐이다.

새 상품이 출시되기 반년쯤 전인 어느 날 새벽 4시, 미스터 마이크로소프트 씨가 자신의 SNS에 글을 하나 올렸다.

"세상에는 두 종류의 사람이 있다. 밤낮없이 달리며 세상을 바꾸는 사람, 그리고 잠에서 깨어나 세상이 바뀌어 있음을 알게 되는 사람."

그의 고생은 거액의 연봉을 위함이 아니다. 그의 고생은 애당초 고생 자체가 아닌 것이다. 고생은 그의 자아실현을 위한 과정일 뿐이다. 그리고 자아실현이 바로 그의 무한한 기쁨이다.

◇◇◇◇◇

나의 고등학교 동창 하나가 페이스북으로 친구 요청을 해왔다.

그는 어릴 때부터 소위 말하는 '엄친아'였다. 피아노에 태권도에 노래까지 잘 하는 데다 고등학교 졸업 직후 전국에서 가장 좋은 대학교에 들어가 졸업 후 곧장 유학길에 올랐다. 학창시절 내내 선생님들의 사랑과 관심을 한몸에 받는 그를 사람들은 영화 속에서 세계를 제패하는 남자주인공 같다고 말하곤 했다.

그러나 6년 만에 만난 그는 나쁘다고는 할 수 없지만 딱히 대단치 않은 모습을 하고 있었다.

그는 점수가 잘 나왔으니 목표를 높게 가지라는 선생님과 부모님의 권유에 따라 커트라인이 가장 높은 경제학과를 선택했다. 그러다 컴퓨터 프로그래밍이 고소득의 유망직종인 데다 미국에 남아 있기 쉽다는 이유로 전공을 바꿔 석사 과정을 밟았다.

하지만 그곳에 남아 직장을 잡고 보니 그의 회사가 있는 곳은 퇴근 후에는 마땅히 놀 만한 곳이 없는 무료한 동네였다. 그는 툭하면 한탄을 하게 되었다. "지금까지 그토록 열심히 산 결과가 고작 이런 인생이라니…", "내 인생은 이렇게 끝나는 건가? 그냥 이렇게 살다가 결혼하고 아이 낳고 늙어가는 건가?" 그래도 어쨌든 먹고 살 걱정은 없고 학력도 좋았으니 가끔 불평을 하는 것만 빼면 여전히 사람들이 부러워하는 삶을 살고 있었다.

그러던 중 페이스북에 다니는 친구들의 즐겁고 활기찬 모습을 보게 된 것이다. 그들은 일이 많으면 많을수록 즐거워했다. 게다가 연봉이 백만 위안이 넘고 복리후생 제도도 좋기로 유명한 그곳은 누구에게나 꿈의 직장이었다.

하지만 그는 페이스북의 면접을 통과하지 못했다.

함께 식사하는 자리에서 '7시간 모임'의 멤버들은 언제나처럼 자신의 꿈과 이상에 대해 말했다. 일을 하면서 배운 것들이 자신의 앞날에 어떤 식으로 도움이 되는지를 말이다. 그런 이야기를 할 때면 그들은 만면에 화색이 돌았다. 그러나 한쪽에 앉아 있던 나의 고등학교 동창생은 어쩐지 열등감에 가득 차 있었다. 그리고는 이렇게 말했다.

"그런 사람들은 일찌감치 자신의 적성을 찾은 덕에 한평생 능력을 개발할 수 있었던 거야. 그러니 인생이나 미래에 대해 이야기할 때 희망에 가득 차서 눈이 반짝거릴 수밖에. 정말이지 운이 좋아도 너무 좋았어."

내가 말했다. 본인이 진짜 원하는 것을 찾아 지켜내지 못한 건 바로

자기 자신이면서 누굴 탓하니?

◇◇◇◇◇◇

한때 나는 저커버그가 불쌍하다고 생각했다. 거액의 연봉을 주고 뽑아 놓은 사람들이 틈만 나면 관둘 생각을 하니 말이다.

그러다 마침내 알게 되었다. 저커버그는 거액의 연봉을 받고 싶어 페이스북에 입사하려는 사람들을 찾는 게 아니었다. 그런 사람들은 저커버그가 원치 않는 사람들이었다.

그가 채용한 젊은 인재들에게 누군가의 미담은 필요치 않다. 그들 자신이 바로 미담 그 자체이기 때문이다. 그들은 배움을 가장 큰 기쁨으로 여기고, 언제나 지식 축적을 갈구하며, 자아실현에 탐닉한다. 또한 실패를 두려워하지 않고, 언제나 꿈을 좇으며, 자신감을 가지고 자신의 두 손으로 세상을 바꿀 수 있다고 믿는다.

그렇다. 저커버그가 찾는 인재란, 바로 저커버그 본인과 같은 사람인 것이다.

정말이지 모순이 아닐 수 없다.

저커버그는 22세에 야후의 10억 달러 인수 제안을 거절했다. 페이스북이 거액의 연봉을 들여 붙잡아두는 젊은 직원들이 모두 돈 때문에 일을 하는 것이 아니듯, 본인 역시 마찬가지였다.

이 세상 모든 곳이
당신만의 베이징이
될 수 있음을

양시원

모든 사람들이 베이징에 갈 수 있는 것은 아니다.
베이징에 가는 것이 꿈을 이루기 위한 필수 조건 또한 아니다.

◇

나는 베이징에 가 보기도 전부터 이미 그 도시를 사랑하고 있었다.

베이징 기차역에서 오리 구이를 사들고 우리 집에 찾아온 멀끔한 차림의 친척 어른들은 늘 술을 마시며 베이징 자랑을 늘어놓으시곤 했다. 그 말들이 줄곧 내 머릿속에서 떠나지 않았다. "공부 열심히 해서 대학교는 꼭 베이징으로 가야 한다. 그곳이 얼마나 좋은지 아니? 이것도 있고 저것도 있고…, 건물은 또 얼마나 높은지!" 어른들의 호탕한

웃음소리를 들으며 나는 어느새 마음속에 베이징에 대한 꿈을 키우게
되었다.

◇ ◇

십수 년 전, 나는 한 여름캠프 활동에 참여해 태어나서 처음으로 베이
징 땅을 밟을 수 있었다. 당시 기차에서 내리자마자 잔뜩 흥분한 채 엄
마에게 전화를 걸어 떠들어대던 기억이 난다. "엄마, 베이징이 우리 동
네보다 더 더워!" 에어컨이 나오는 기차를 타고 이렇게 멀리 나온 것
이 처음인 촌뜨기였던 나는, 실제로 눈앞에 펼쳐진 베이징을 어떤 식
으로 묘사해야 할지 몰랐던 것이다.

십수 일간 베이징 곳곳의 명승고적을 방문하는 동안 나의 베이징을
향한 사랑은 점점 더 깊어져갔다. 나는 어느 대학 기숙사에서 지내면
서 새하얀 치마를 입고 책가방을 멘 채 한여름의 풍경 속을 거니는 청
춘들을 매일같이 보았다. 못해도 스무 종류가 넘는 음식을 파는 학생
식당에서 늘 갈비와 계란 볶음을 먹기 위해 줄을 서기도 했다. 넓게 뻗
은 도로에는 사람들이 쉴 없이 오가고 있었으며, 길가에는 멋진 가게
들이 줄지어 있었다. 또한 높은 코에 푸른 눈을 가진 외국인들이 쌀라
쌀라 알 수 없는 말로 대화를 하는 모습도 볼 수 있었다….

◇ ◇ ◇

시간이 지날수록 베이징을 향한 나의 마음은 점점 확고해졌다. 베이징
이란 좋고 아름다운 것이 모두 모여 있는 곳인 것만 같았다. 수능이 끝

난 후 나는 망설임 없이 지원서에 베이징 소재의 대학 이름을 적어 넣으면서 떨어질지도 모른다는 생각은 조금도 하지 않았다. 하지만 결국 북쪽에 있는 어느 바닷가 근처의 도시에서 대학 생활을 하게 되었고, 4년 내내 베이징만을 그리워하며 보냈다. 언젠가 멋진 커리어 우먼의 모습으로 그 북적북적한 도시를 다시 밟게 될 날을 기대하며 말이다. 그 날이 되면 멋진 고층 건물 안을 활보하는 나의 하이힐 소리가 마치 시곗바늘처럼 시시각각 가까워져 오는 멋진 미래를 알려주고 있을 것이다.

아쉽게도 대학교를 졸업한 후에도 나는 베이징에 가지 못했다. 몇 번의 면접 실패와 실연 탓에 슬럼프에 빠지기도 했다. 뜻밖에 얻은 유학의 기회는 당시의 나를 구원할 유일한 방법이었다. 하지만 타국에서 내가 가질 수 있는 것은 3평도 채 되지 않는 작은 월세방뿐이었다. 드라마라곤 보지도 않던 내가 눈물콧물 흘리며 〈베이징 러브 스토리〉, 〈베이징 청년〉 등을 보며 수많은 외로운 밤을 지새웠다. 채워지지 않는 허기와 낫지 않는 향수병을 드라마 속 베이징의 모습을 보며 달랜 것이다.

◇ ◇ ◇ ◇

이 세상에 베이징이 얼마나 좋은지 모르는 사람은 하나도 없었다. 대학 졸업 전, 동기들과 진로에 대해 대화를 나누면서 모두들 나처럼 4년 동안 베이징에 갈 기회만을 호시탐탐 엿보고 있었다는 사실을 알게 되었다. 우리의 대화는 늘 이런 식이었다.

"졸업하면 고향에 돌아갈 거야?"

"아니, 베이징에 가야지!"

베이징에 갈 거란 그 대답은 더없이 단호하며 기대에 가득 차 있었다. 장발의 예술가들을 받아들이는 포용성을 갖추고 있으며, 하고 싶은 것이라면 무엇이든 할 수 있는 자유가 있고, 지하방에 살고 있는 사람도 언제든 도심으로 진출 가능한 기회가 넘치는 베이징이란 도시를 우리는 동경해 마지않았다.

그러나 모든 사람이 베이징으로 향하는 기차에 올라타고 싶어 하는 것은 결코 아니며, 지하 단칸방에서 만터우로 배를 채우며 사는 삶을 기꺼이 받아들이는 것도 아니다. 졸업 후 나는 대학 동기들과 이따금씩 연락을 주고받으며 우리의 꿈에 대한 이야기를 나누곤 했다. 나는 오래 전부터 살면서 아주 짧은 기간만이라도 베이징처럼 환경이 좋은 곳에서 한 번쯤 살아 보아야 한다고 생각했다. 그곳의 건물은 어떻게 생겼는지, 음식은 무얼 먹는지와 같은 일상을 경험하며, 낯선 거리 한 가운데서 영혼의 변화를 느껴 보는 것이 꼭 필요하다고 말이다. 하지만 나이가 들어가며 점점 깨닫게 되었다. 모든 사람이 베이징에 갈 수 있는 것은 아니라는 것을. 베이징에 가는 것이 꿈을 이루기 위한 필수 조건 또한 아니라는 것을.

◇ ◇ ◇ ◇ ◇

며칠 전, 대학 동기인 샤오자오와 건너 건너 연락이 닿았다. 오래 전 그렇게도 베이징에 가고 싶어 했던 그는 급작스런 어머니의 건강 악화

포기하지 말자 인생이 아름다워진다

당신의 꿈을 이루기 위해 필요한 것은 '장소'가 아니라,
끊임없는 노력과 실패를 두려워하지 않는 굳센 마음가짐이다.

로 인해 졸업 후 곧장 고향으로 돌아가야 했다. 그래서 모두들 샤오자오의 출중한 재능이 피어 보지도 못하고 지는 것을 몹시도 안타까워했다. 하지만 그는 그 작고 외진 자신의 고향에 학원을 차리고 학생 모집, 수업, 재무 관련 업무까지 혼자서 해내며 사업을 서서히 키워나갔다. 그러는 동안 하루에 다섯 시간 이상 자 본 적이 없다고 했다. 매일같이 동이 트기도 전에 일어나, 달과 별을 동무 삼아 집에 돌아온 후 어머니의 병간호까지 했기 때문이다.

그런 식의 생활을 2년쯤 지속하자 샤오자오의 학원은 어느 정도의 기틀을 마련할 수 있게 되었다. 수업 과목도 많이 늘어서 동기들을 채용해 학원 수업을 맡기기도 했다. "여전히 베이징에 가고 싶니?"라는 나의 물음에 그는 웃으며 대답했다. "여기가 나의 베이징이야." 나는 그 마음이 충분히 이해되었다. 샤오자오의 끈기와 노력이라면 이 세상 어느 곳에 떨어져도 오늘과 같은 성공을 가져왔을 터였다.

그 외에도 나처럼 베이징에 대한 환상을 품고 살아가는 친구들이 많이 있었다. 그곳만이 꿈의 종착역이라고 믿으면서 말이다. 한 친구는 졸업 직후 베이징으로 건너가 고군분투하며 몇 년이나 버텼다. 하지만 여자친구와의 장거리 연애 기간이 점점 길어지자 결국 아주 잠시만 베이징 생활을 접고 2선 도시로 옮기기로 했다. 그러던 중 뜻밖에도 베이징에서 갈고 닦은 경험을 살려 그곳에서 아주 좋은 창업의 기회를 얻게 되었다. 요리 솜씨가 뛰어났던 그는 어느 중심상업지구 부근에 자리를 잡고, 회사원들에게 음식을 배달해주는 사업을 시작한 것이다. 그 후 1년도 채 되지 않아 그는 마침내 배곯을 걱정 없는 안정된 생활

포기하지 말자 인생이 아름다워진다

을 누릴 수 있었다. 그는 나와 오랜만에 만난 자리에서 이렇게 말했다.

"꿈을 이루기 위해 꼭 베이징에 가야 하는 건 아니더라."

예전에는 누구나 환경이 좋은 곳으로 가는 것이 필요하다고 생각했다. 그런 곳에서만 자신의 꿈을 이룰 수 있다고 생각했다. 몇 년 전, 어렸던 그 시절의 나는 꿈을 가진 다른 누군가처럼 뉴욕의 거리를 활보하는 꿈을 꾸었다. 영국의 어느 대학교에서 학업의 욕구를 채우길 원했으며, 호주에 있는 사막을 횡단해 보고도 싶었다. 그리고, 베이징에 나만의 크고 멋진 집을 마련하고 싶은 꿈도 있었다. 그러다 나이가 들며 점점 깨달은 사실이 있다. 우리는 자금 부족, 가족의 만류, 이별의 두려움, 그 밖의 각종 현실적인 문제로 인해 어쩔 수 없이 마음속에 품었던 '머나먼 꿈 같은 그곳'에 작별을 고한다. '나는 그런 머나먼 꿈 같은 그곳으로 떠나고 싶은 마음'을 통틀어 '베이징병'이라고 부른다. 안타깝게도, 누구나 베이징에 갈 수 있는 기회를 가질 수는 없다. 하지만 치료되지 못한 '베이징병'을 가지고도 베이징이 아닌 곳에서 자신의 꿈을 이룬 사람들 또한 얼마든지 있다.

◇◇◇◇◇◇

내 블로그에는 종종 이제 막 대학교를 졸업한 젊은 친구들이 방문해 부러움이 가득한 말투로 글을 남긴다. "저도 대도시에 가고 싶어요." 혹은 "저도 외국에서 살고 싶어요⋯."

그러면 나는 늘 그들에게 나의 옛 경험을 말해주곤 한다. 혼자서 커다란 짐 가방을 끌고 일 년에 몇 번이나 이사를 다녀야 했던 경험, 학업 중에도 밤낮없이 아르바이트를 병행해야 했던 현실, 홀로 견뎌야 했던 수많은 외로움과 두려움, 그런 전쟁과 같은 하루하루 속에서도 살아남기 위해 이 악물고 힘과 용기를 내던 순간 등을 말이다.

나는 이제 더 이상 어느 특정 장소에서만 꿈이 이루어진다고 생각하지 않는다. 꿈을 이루기 위해 필요한 것은 어떤 '장소'나 '환경'이 아니라, 끊임없는 노력과 실패를 두려워하지 않는 굳센 마음가짐이기 때문이다. 그것이 바로 이 세상 어느 곳에서든 원하는 성과를 얻을 수 있는 비결이다.

만약 당시 내가 소원대로 베이징에 정착했다면, 그래서 고층 건물의 어딘가를 멋진 정장을 차려입고 또각또각 하이힐 소리를 내며 활보하고 있다면, 그리고 베이징에 으리으리한 집까지 가지고 있다면, 그것은 오로지 끊임없는 노력으로 거머쥔 결과였을 것이다.

그런 노력은 설령 내가 고향에 남아 있었다 해도 맹세컨대 마찬가지의 결과를 안겨주었을 것이다. 나는 늘 믿고 있다. 진정한 용사라면 정해진 운명에 휘둘리지 않아야 한다고. 이 세상 어느 곳에서든 정중히 갑옷을 차려입고 날카로운 검을 휘두르며 자신의 빛나는 앞날을 개척해나가야 한다고 말이다.

진짜인지 모르겠지만 다음과 같은 이야기를 들은 적이 있다. 미국의 팝가수 마돈나가 아직 무명이었을 때, 성공을 간절히 바랐던 그녀는 어느 날 택시를 타고 다음과 같이 외쳤다고 한다. "나를 이 세상의 중심으로 데려다 주세요!" 그녀가 말한 곳은 뉴욕의 타임스퀘어, 그녀의 꿈이 이루어질 장소였다.

포기하지 말자 인생이 아름다워진다

꿈을 가진 사람이라면 모두 마돈나의 그 말이 어떤 의미인지 알 것이다. 마음 속 깊은 곳에서 불타오르는 그 감정은 마치 내게 반드시 꿈을 이룰 수 있을 거라고 말해주는 것만 같다. 그래서 나는 무작정 베이징에 모여든 젊은이들이 언젠가는 그들의 춥고 습한 반지하 방을 벗어나 도시의 중심으로 도약하는 날이 올 것을 믿어 의심치 않는다. 꿈을 이룬 그날 '베이징병'으로 고생한 지난 시간들을 모두 보상받을 수 있을 거라고 말이다. 그러나 만약 예상치 못한 그 어떤 문제가 베이징행 열차에 오르는 당신의 발목을 붙잡는다 하더라도, 베이징이 아닌 다른 곳에서라도 용기와 굳센 마음가짐을 잃지 말고 노력해나가길 바란다.

나는 믿는다. 당신이라면, 이 세상 어느 곳도 당신만의 베이징으로 만들 수 있을 거라고.

좌절에 감사해
눈물에 감사해
고독에 감사해
지금까지 견뎌준
포기하지 않아준 나에게 감사해

자신의 내면에 저항하는 일은
분명 고통스럽다.
하지만 그것이야말로
우리가 진정으로
열심히 살고 있다는 증거이다.

옮긴이 오하나

북경, 상해 등지에서 7년간 생활하면서 2009년 중국전매대학 방송 연출과를 졸업했다. 한국에 돌아와 방송작가 일과 시나리오 번역 업무를 하였고, 글밥 아카데미 중국어 출판 번역 과정을 수료하였다. 역서로는 〈매일밤 당신에게 필요한 이야기〉 등이 있다.

본문 일러스트

亦良璇子, 莉莉安, Xu-An, Margaret-lor, 叶比yippee, 啊苞仔_, 猫蔓, 小夫, PEIRUYI, 咖啡色, linali的小星球, 鹿果, 老八tujian, KristyTsui, 饼干Bingan, 邦乔彦, 木言, 文嘉, 厘一生

포기하지
말자

인생이

아
름
다
워
진
다

초판 2017년 5월 1일 1쇄
저자 인민일보 뉴미디어 센터 엮음
옮긴이 오하나
출판사 도서출판 북플라자
주소 경기도 파주시 파주출판단지 서패동 471-1
전화 070-7433-7637
팩스 02-6280-7635
오탈자 제보 book.plaza@hanmail.net
홈페이지 www.book-plaza.co.kr

ISBN 978-89-98274-82-5   03820

북플라자는 영화보다 재미있는 소설, 쉽고 효과적인 실용서적, 그리고 세상을 밝게 할 자기계발서를 항상 준비 중입니다. 독자 여러분의 원고 투고를 열린 마음으로 기다리고 있습니다. 책으로 엮고 싶은 아이디어가 있으신 분은 book.plaza@hanmail.net로 간단한 개요와 취지를 보내주세요. 인생은 항상 주저하지 않고 문을 두드리는 자에게 길이 열립니다. (우편 접수는 받지 않습니다)